कहने में जो छूट गया

चयन और संपादन

फ़रहत एहसास

राजपाल

ISBN : 9788195297528

पहला संस्करण : 2021 © राजपाल एण्ड सन्ज़
KAHNE MEIN JO CHHOOT GAYA (Poetry)
Edited by Farhat Ehsaas

राजपाल एण्ड सन्ज़

1590, मदरसा रोड, कश्मीरी गेट, दिल्ली-110006
फोन : 011-23869812, 23865483, 23867791
e-mail : sales@rajpalpublishing.com
www.rajpalpublishing.com
www.facebook.com/rajpalandsons

क्रम

मुझको मिरी याद आ रही है

हमें अक्सर कुछ-न-कुछ याद आता है, कोई शख़्स, कोई चेहरा, कोई जगह, कोई चीज़, दिमाग़ से गुज़रने वाली कोई लहर, दिल में चलने वाली कोई हवा, किसी हुस्न का झमाका, किसी सच से हैरतज़द: मुलाक़ात, किसी नेकी की अचानक दस्तक या ऐसा ही और बहुत-सा कुछ। याद हमें इसलिए आती है कि हम भूलने के अभिशप्त हैं, इसलिए कि वक़्त हमारे पीछे लगा है जो हर ठोस, महसूस की जाने वाली चीज़ को अपने तेज़ाब में घोलता रहता है। हम हमेशा याद रखें तो याद भी न करें, लेकिन ऐसा मुमकिन नहीं कि हम दो फ़नाओं या नश्वरताओं के बीच कहीं रहते हैं, एक की तरफ़ से आते और दूसरे की तरफ़ जाते हुए। लोगों, चीज़ों और दुनिया से हमारी मुलाक़ात इन्हीं दो नश्वरताओं के दर्मियानी दोआबे में होती है, बस चन्द लम्हों के लिए। फ़रामोशी-विस्मृति के इस सैलाब में स्मृति-हाफ़िज़े के जज़ीरे बनते ज़रूर हैं, मगर कितनी देर के लिए और कैसे। जब लफ़्ज़ नहीं थे तो ये स्मृति-द्वीप, हाफ़िज़े के जज़ीरे सिर्फ़ कल्पना के पानियों में बुलबुलों से बनते और बिगड़ जाते होंगे। शब्द ईजाद हुए तो यादों को रूप-रंग हासिल हुआ। अब यादों की आवाज़ों, शक्लों और हरकतों को महफ़ूज़ किया जा सकता है, मगर टेक्नोलॉजी के माध्यम से महफ़ूज़ होने वाली इन यादों के बारे में कौन कह सकता है कि ये हू-ब-हू उसी भूले हुए की हैं जिसे विस्मृति के बहाव में से बचा लाने की कोशिश की जा रही है, क्योंकि इनमें मशीन भी अपने बहुत से रंग मिला देती है।

ये ज़िक्र था उस भूले हुए को याद करने का जो हमारे बाहर है। मगर हम में से कुछ को कभी-कभी ख़ुद अपनी याद आने लगती है। ये अपनी याद क्या है। ज़ाहिर है कि अपनी याद आने को जानने-समझने की कोशिश उस ज़रूरी सवाल तक ले जाएगी कि ख़ुद 'हम' क्या हैं या 'मैं' क्या हूँ, जिसका ओर-छोर आज तक कोई न पा सका। पा भी नहीं सकता क्योंकि एक तरफ़ से ये कुछ है ही नहीं और दूसरी ओर से कुछ है भी तो इतना बड़ा है कि इसे किसी भी अनुमान या अन्दाज़ के दायरे में लाना नामुमकिन-सा है। यहाँ 'सा' सिर्फ़ आदमी

की इस तुर्मख़ानी की लाज रखने के लिए जोड़ा गया है कि वो सब कुछ जान सकता है। आदमी ने जब से व्यवस्थित सोच की सलाहीयत हासिल की है, और ये सलाहीयत सब से पहले हमारे हाँ आदमी की गिरफ़्त में आई, तभी से आदमी 'मैं' के रहस्य के सामने हैरतज़द:, सर झुकाए, कुछ शर्माया-शर्माया सा इस कोशिश में पड़ा रहा है कि ये 'मैं' अपने बारे में कभी कुछ बोल दे। हमारे हाँ 'मैं' को समझने और बयान करने की सब से पहली कोशिश ऋग्वेद में नज़र आती है जहाँ इसे 'आत्मन्' कहा गया है जो आदमी के शरीर, मन, चेतना और समय से परे एक शाश्वत, अजर, अमर सच्चाई है। आदमी ही नहीं, ये आत्मन् हर जीव बल्कि संसार की हर चीज़ की अस्ल हक़ीक़त है। उपनिषदों में इस आत्मन् को और ज़्यादा विस्तार से व्याख्यायित किया गया, यहाँ तक कि अद्वैत वेदांत में इसे कायनाती परम सत्य या ब्रह्मन का ही रूप क़रार दे दिया गया। अद्वैत वेदांत की इस आत्मा-परमात्मा संधि ने सांख्य, योग, न्याय और वैशेषिक जैसे द्वैत-वादी दर्शनों को पीछे छोड़ते हुए हिन्दुस्तानी चेतना में अपनी जड़ें जमा लीं और यही अद्वैत वेदांत हिन्दुस्तानी दर्शन और धर्म-परंपरा की बुनियादी पहचान बन गया। मगर बौद्ध दर्शन का अनात्मवाद, आत्मा जैसी किसी भी शाश्वत चीज़ से इनकार करता है। चारवाक़ दर्शन में, जो पूरी तरह नास्तिकता और पदार्थवाद पर आधारित है, मौत ज़िन्दगी का आख़िरी अन्जाम है जिसके बाद कोई परलोक, कोई पुनर्जन्म नहीं, क्योंकि आत्मा नाम की कोई ऐसी चीज़ है ही नहीं जो मौत के बाद भी बाक़ी रहे।

यूनान में फ़लसफ़े या दार्शनिक चिंतन के आदिपुरुष, सुक़रात, ने कहा कि अपने आप को जानो। उनके लिए भी आत्मा ही आदमी की सामाजिक हैसियत, उसके माल-दौलत वग़ैरा से परे उसकी अस्ल सच्चाई है। ईसाइयत और इस्लाम में भी आत्मा या रूह को आदमी की जिस्मानी ज़िन्दगी से, जो फ़ानी और नश्वर है, अलग एक हमेशा रहने वाली सच्चाई क़रार दिया गया है।

लेकिन 'मैं' क्या है, यह सवाल अब भी वहीं का वहीं है। बहुत से दार्शनिक चिंतनों और मज़हबों ने 'मैं', आत्म या इन्सानी वजूद के बारे में ये तो ज़रूर कहा कि वो ग़ैर-महदूद, असीम, रहस्यमय और अनिर्वचनीय और बयान से बाहर है मगर ये भी किया कि उसे, 'आत्मा' के लफ़्ज़ में समेट और सीमित करके, परमात्मा, ईश्वर या ख़ुदा का दुमछल्ला बना दिया। अब 'मैं' का काम सिर्फ़ इतना रह गया कि वो परमात्मा, ईश्वर या ख़ुदा के साथ अपने तअ'ल्लुक़ात ठीक रखे और अंततः उसी में विलीन हो जाए। किसी भी दार्शनिक चिंतन या धर्म ने जीते जागते आदमी के 'मैं' या उसके 'होने' पर ध्यान नहीं दिया। ये तो

बीसवीं सदी के अस्तित्ववादी चिंतक थे, ख़ास तौर पर नास्तिक अस्तित्ववादी, जिन्होंने पहली बार आदमी के अस्तित्व-वजूद यानी existence को उसकी तात्विक परछाई यानी essence से अलग किया, और आदमी के उस हिस्से को गिरफ़्त में लाने की कोशिश की जो मौत, फ़ना और नश्वरता के सामने डट कर खड़ा रह कर उसके ख़िलाफ़ निरंतर जंग की हालत में रहता है। आदमी का यही रचनात्मक आत्म या रचनाकार 'मैं' है, जिसने परमात्मा या ख़ुदा की मेज़ के सामने, दूसरी तरफ़, अपनी कुर्सी लगा रखी है और परमात्मा या ख़ुदा के चाक के बराबर ही अपना चाक भी चला रखा है। ये आत्म, ये मैं, ये वजूद अपनी कल्पना की ताक़त, अपने सौंदर्यबोध, एहसास-ए-हुस्न, सच्चाई पर यक़ीन, ख़ैर और शिव की कामना के साथ, लफ़्ज़ों, लकीरों और रंगों, जिस्म की गतिशीलता और आवाज़ की लयात्मकता के माध्यम से, परमात्मा या ख़ुदा के हाथों बनाई गई दुनिया के अन्दर मगर उसके बराबर, समानांतर और मुतवाज़ी अपनी एक अलग दुनिया बनाता है, ख़ालिस इन्सानी दुनिया जिसमें किसी परमात्मा या ख़ुदा का कोई दख़्ल या हस्तक्षेप नहीं हो सकता।

अब यहाँ से साफ़ हो गया है कि हम कला के मैदान में उतर रहे हैं, ख़ास तौर पर, साहित्य और उसमें भी शायरी और फिर ग़ज़ल के मैदान में। यही इस रचनाकार 'मैं' की अस्ल कर्मभूमि है, जो उसका मैदान-ए-जंग भी है और उसकी हद-ए-इम्कान या संभावना-सीमा भी। अपने शब्दों, ख़यालों-विचारों, महसूसात-अनुभूतियों, संवेदनाओं, जज़्बों-भावों, भावनाओं, ख़्वाबों और आरज़ुओं, स्वप्नों और कामनाओं की पूँजी से अपने रचना-संसार, अपने जहान-ए-तख़्लीक़ की तामीर-निर्माण के दौरान अक्सर इस तख़्लीक़-कार-रचनाकार 'मैं' को अपने अन्दर के ख़्वाब और सच्चाई के साथ बाहर के यथार्थ-हक़ीक़त के दरमियान टकराव और संघर्ष की स्थितियों से गुज़रना पड़ता है। बाहर की स्थितियाँ भारी पड़ जाएँ तो उसका भाव-जगत, उसका जहान-ए-मानी धुँधलाने लगता है और उसे अपनी याद आने लगती है, मगर इसके बावजूद अपने आप को, अपनी अस्ल पर बहाल करने का उसका संघर्ष कम या कमज़ोर नहीं पड़ता। बाहर चाहे जितना भी शोर हो, इस रचनाकार 'मैं' यानी ग़ज़ल-गो शायर के अन्दर की ख़ामोशी का साज़ चुप नहीं होता, बाहर संवेदनहीनता और बेहिसी की चाहे जितनी भी बर्फ़बारी हो, उसके अन्दर संवेदनाओं का अलाव सर्द नहीं पड़ता, बाहर चाहे जितने भी हाथ, ख़ंजरों की तरह दूसरों के गले पर लपक रहे हों, उसके हाथ हमेशा अपने महबूबों को और दुनिया की सारी मख़्लूक़ात और सारी सृष्टि उसके महबूबों में शामिल है, अपने आग़ोश में लाने पर आमादा रहते हैं।

मीर तक़ी 'मीर' ने कहा है—

तुर्फ़: सन्नाअ' है ऐ मीर ये मौज़ूँ-तब्आँ
बात जाती है बिगड़ भी तो बना देते हैं

मौज़ूँ-तब्अ' उसे कहते हैं जो बह्र यानी छंद की लय में शे'र कह सके मगर यहाँ 'मीर' साहब इस के मानी को फैला कर इसे एक ऐसा शख़्स करार देते हैं जिसके अन्दर का संगीत दुरुस्त हो, जिसकी निगाह में इन्सानों और दुनिया की हर चीज़ ठीक अपनी जगह पर हो, जिसका सहज, सरल स्वभाव हर अटपटेपन और विसंगति को ठीक कर दे और हर बेसुरेपन को सुर में ले आए। ऐसे लयात्मक स्वभाववालों को ऐसा अनोखा कारीगर, कलाकार कहा जा रहा है जो सारी बिगड़ी बातों को बना देते हैं। यहाँ जिस बिगड़ी बात या बिगाड़ की बात की जा रही है वो इन्सान के दिल-दिमाग़, संवेदनाओं, भावनाओं और विचारों का भी हो सकता है और सामाजिक, राजनैतिक, आर्थिक या नैतिक भी, मगर इसे 'मीर' साहब ने सौंदर्य-शास्त्रीय अन्दाज़ में बयान किया है जिसका मतलब ये है कि इन्सानों के अन्दर और बाहर की दुनिया में आने वाली हर ख़राबी दरअस्ल उसके सौंदर्यबोध यानी एहसास-ए-हुस्न के बिगाड़ से पैदा होती है। यहाँ शायरी का रचनाकार 'मैं' सिर्फ़ द्रष्टा या नाज़िर नहीं रह जाता बल्कि एक संघर्ष-धर्मी कर्ता बन कर दुनिया की द्वंद्वात्मक स्थितियों में हस्तक्षेप भी करता है मगर ये मुदाख़लत सामाजिक, राजनैतिक, आर्थिक या नैतिक स्तर पर नहीं, सिर्फ़ और सिर्फ़ सौंदर्यात्मक सतह पर होती है। अब ये बात खोल कर कहने की ज़रूरत शायद नहीं रह गई है कि ये सौंदर्यबोध उस मोहब्बत की अ'ता और देन है जो हर अधूरेपन को पूरा करने, हर चीज़ की आंशिकता को उसी के बिछड़े हुए आंशिक जोड़े से मिलाने यानी एक सार्वभौमिक और आफ़ाक़ी कार-ए-विसाल यानी मिलन-कर्म या जोड़ने का फ़र्ज़ अदा करती है।

आइए, अब देखें कि रचनाकार 'मैं' इस किताब में शामिल शायरी में, अपने मुख़्तलिफ़ रूपों के साथ किस-किस तरह ज़ाहिर हो रहा है—

मुख़ालिफ़ीन को हैरान करने वाला हूँ
मैं अपनी हार का ऐलान करने वाला हूँ

मनीष शुक्ला का ये शे'र, किसी संघर्ष के दौरान अचानक अस्तित्व-बोध की एक नई रणनीति को लफ़्ज़ देता है, जो इस संघर्ष के पूरे व्याकरण को तहस-नहस कर देने वाली है। ये सारा संघर्ष, जीतने पर आधारित और उसी को हासिल करने के लिए है, जिसमें 'मैं' और उसके विरोधी या प्रतिद्वंद्वी शामिल हैं।

लेकिन इस संघर्ष के दौरान किसी एक मोड़ पर 'मैं' अपनी 'हार' मान लेने का फ़ैसला करता है और इस तरह एक मूल्य-व्यवस्था से किसी और मूल्य-व्यवस्था की तरफ़ चल पड़ता है। जीत-हार, कामयाबी-नाकामी, ताक़त-कमज़ोरी की तमाम द्वंद्वात्मकता से परे, संसार और सांसारिकता के नीचे-नीचे बने एक भूमिगत रास्ते से एक ज़्यादा विस्तृत भाव-संसार में पहुँच जाता है जो आत्म-शांति और आत्म-संतोष का बना है। मनीष शुक्ला ने इस शे'र के भाव को इस तरह भी अदा किया है—

हम तो इस दुनिया के पेच-ओ-ख़म से आजिज़ आ गए
आप चाहें तो समझ सकते हैं नाकारा हमें

ये दोनों शे'र 'मीर' साहबी सिलसिले के हैं, जहाँ बार-बार 'नाकामी से काम लेने' पर ज़ोर दिया गया है, और तरीक़-ए-ना-ताक़ती यानी 'शक्तिहीनता के पंथ' के नाम से जीने का एक नया अन्दाज़ क़ायम किया गया है।

मेरे जैसे क़ैदी शायद कम होंगे
मुझको लेकर भागी है ज़ंजीर मिरी

हमारी क्लासिकी शायरी में इन्सान के क़ैद और पाबन्द होने की स्थितियों को तरह-तरह से बयान किया गया है लेकिन यहाँ एक यकसर नई सूरत-ए-हाल दरपेश है जहाँ ज़ंजीर, क़ैदी को लेकर भाग खड़ी हुई है यानी क़ैदख़ाना तो छूट गया मगर सारी दुनिया क़ैदख़ाना हो गई कि वो ज़ंजीर जिसने रिहाई दिलाई थी अब पाबन्दियों का एक माहौल बन कर साथ चल रही है।

मनीष शुक्ला के जहान-ए-मानी में कभी एक वैयक्तिक सामूहिकता और कभी एक सामूहिक वैयक्तिकता सरगर्म नज़र आती है और ये दोनों हालतें, 'मैं' के विस्तृत हो कर 'सब' बन जाने और फिर 'सब' के 'मैं' में सिमट आने की दोहरी प्रक्रिया में बँधी हुई हैं। प्रेम-संबंध के हवाले से इस रिश्ते को इज़हार देनेवाला ये बहुत अच्छा शे'र देखिए—

ख़ुद को सौंपा था तुम्हें हम को तुम्हारा करने
तुमने लौटाया हमें हमको हमारा करके

मदन मोहन दानिश ने अपनी आवाज़, शायरी की सूफ़ी और संत परंपरा के उस क़लन्दराना हा-ओ-हू से हासिल की है जहाँ मीर दर्द के लफ़्ज़ों में—

मिट जाएँ एक आन में कस्रत-नुमाइयाँ
हम आईने के सामने जब आ के हू करें

यहाँ 'हू' ख़ुदा के होने का ऐलान भी है और क़लन्दरों का मस्ताना नारा भी जिसकी गूँज से आईने में नज़र आने वाली बहुलता के अन्दर एकता का सूत्र नुमायाँ होने लगता है। इसी से उनके यहाँ एक ऐसा भाव पैदा हुआ है जहाँ ख़्वाब और हक़ीक़त, दुनिया और फ़ितरत या प्रकृति और ज़मीन और आसमान एक दूसरे में पैवस्त और एक गहरी आंतरिकता में बँधे नज़र आते हैं।

ख़ामशी को मिरी दुआ समझो
और जो बोल दूँ हुआ समझो

आस्मानों से है याराना मिरा कुछ ऐसा
रात जो काम कहूँ सुब्ह हुआ पाता हूँ

ये किसी रिवायती अध्यात्मिकता का इज़हार नहीं है बल्कि 'मैं' के विस्तृत होकर कायनाती चेतना के साथ एकरूपता हासिल करना है, जो संसार के यथार्थ की ज़मीन पर मुम्किन हो रहा है। यही एकरूपता इस शे'र में भी ज़ाहिर हो रही है कि—

मौत आई थी बहुत दिन पहले
उसको बातों में लगाए रक्खा

यहाँ बातों में लगाए रखना एक अजीब रचनात्मक या तख़्लीक़ी सरगर्मी की तरफ़ इशारा है। तख़्लीक़ी में रचनात्मकता के साथ-साथ पैदा करने की जीवनदायिनी शक्ति का भाव भी शामिल है। इस लिहाज़ से देखें तो बातों में लगाए रखना, सुख़न-तराज़ी या शे'र-गोई, भी है और अफ़साना-गोई भी। यानी शे'र कहने और कहानी सुनाने की तख़्लीक़ी सरगर्मी मौत की नश्वरता या फ़ना-पज़ीरी को टालने की ताक़त रखती है। 'मैं' के विस्तार की एक और शक्ल इन शे'रों में भी नज़र आती है—

नहीं छोड़ा पुरानेपन को मैंने
इसी से फिर नया होना था मुझको

मुझमें एक और शख़्स है 'दानिश'
उसको हर्गिज़ न दूसरा समझो

ये दोनों शे'र अस्तित्व की मुख़्तलिफ़ हालतों के बीच अन्दरूनी हम-शक्ली और निरंतरता की मिसाल हैं जो एक और सूरत में इस शे'र में भी ज़ाहिर हुई है—

क़ैद करता है कोई उजड़े मकाँ में मुझको
और मैं ख़ुद को ख़लाओं में रिहा पाता हूँ

'दानिश' ने रिवायती अनुभवों की नई सूरत-गरी भी की है। हिज्र की रातों में जागना आशिक़ों की पुरानी आदत या शौक़ है। इसमें भी कभी-कभी आशिक़ साहब तो जागते रहते हैं और माशूक़ मज़े से सोती रहती है।

ये कहाँ की रीत है जागे कोई सोए कोई
रात सबकी है तो सबको नींद आनी चाहिए

इस शे'र में हिज्र की रातों की इस नाइन्साफ़ी के अनुभव के साथ ही दुनिया में मौजूद सामाजिक, आर्थिक, मनोवैज्ञानिक, मानसिक और भावनात्मक ना-बराबरी का तजरबा भी शामिल कर दिया गया है। इसी तरह ये शे'र—

मस्अला तो इश्क़ का है ज़िन्दगानी का नहीं
यूँ समझिए प्यास का शिक्वा है पानी का नहीं

यहाँ इश्क़ को प्यास और ज़िन्दगी को पानी के साथ जोड़ा गया है यानी इश्क़ का रिश्ता प्यास, तलब, तलाश, कामनाओं की असीमता से है तो ज़िन्दगी प्यास बुझाने और पानी की तलाश से तअल्लुक़ रखती है। यहाँ ज़िन्दगी और पानी में एक रिआयत या समरूपता भी है कि ज़िन्दगी पानी में पैदा हुई है। लेकिन 'प्यास का शिक्वा है पानी का नहीं' कहने से ये पता नहीं चलता कि शिक्वा प्यास और पानी के कम होने का है या ज़्यादा होने का। मानी के इस तरह निलंबित किए जाने से शे'र में अर्थ-बहुलता या कस्रात-ए-मानी आ गई है।

इक दिन ख़ुद को अपने पास बिठाया हमने
पहले यार बनाया फिर समझाया हमने

शारिक़ कैफ़ी के इस शे'र में 'हम' या 'मैं' को दो हिस्सों में बाँट दिया गया है और ये दोनों हिस्से एक दूसरे से दूर-दूर हैं, कुछ इस तरह कि इनमें से एक हिस्सा, दूसरे उस हिस्से से नाराज़ या शर्मिन्दा है जो उसे अपने पास बिठाने और समझाने की कोशिश कर रहा है जिससे ये ज़ाहिर नहीं होता कि उसने, अपने दूसरे हिस्से को समझाया क्या। यहाँ मानी का कुछ सुराग़ मिलता है तो लफ़्ज़ 'समझाने' से कि हमारी सामाजिक ज़िन्दगी में 'समझाया' उसी को जाता है जो सीधे रास्ते से भटक गया हो और इस तरह अपने आप को तबाह कर रहा हो। समझाने का एक और मतलब ये भी हो सकता है कि दोनों अभी पूरी तरह अलग नहीं हुए हैं और ज़ाहिरी ही सही, थोड़ी राह-ओ-रस्म या मुरव्वत बाक़ी है। इस शे'र में मौजूद द्वंद्वात्मकता दरअस्ल प्राकृतिक या फ़ित्री आदमी और 'तहज़ीब' या 'सभ्यता' की संगत में पड़ कर पैदा होने वाली मस्नूई'यत या

कृत्रिमता से ख़राब होने वाले आदमी के बीच टकराव को ज़ाहिर करती है जो एक ही व्यक्ति के आत्म या ज़ात में, एक दूसरे के प्रतिद्वंद्वी के तौर पर रहते हैं, और ये टकराव तहज़ीब के ज़्यादा-से-ज़्यादा पेचीदा होने और 'तरक़्क़ी' या प्रगति के बढ़ते शोर-शराबे में पहले से कहीं ज़्यादा संगीन और जानलेवा होता जाता है।

'मैं' की इस संकटग्रस्तता या बोहरान-ज़िन्दगी की दो और सूरतें इन शे'रों में नज़र आती हैं—

मन्ज़िलों से पुकारा जाता हूँ
और रस्ते में मारा जाता हूँ
यूँ भी रुकता नहीं कि रुकते ही
हर तरफ़ से पुकारा जाता हूँ

पहले शे'र में, अस्तित्व-वजूद में आने की प्रक्रिया के दौरान, एक तरफ़ अपने आप को हासिल कर लेने के ख़्वाब और संभावनाओं के जारी सिलसिले की हक़ीक़तों के दरमियान टकराव का इज़हार किया गया है, जहाँ इस ख़्वाब तक पहुँचने वाले रास्ते, संभावनाओं के बीच संघर्ष में अस्तित्व के ख़ात्मे का मैदान बन जाते हैं। दूसरा शे'र अपने होने के अमल या प्रक्रिया में क़ायम रहने का आग्रह कर रहा है कि ऐसा न किया गया तो वजूद को उसकी राह से भटकाने वाली, चारों तरफ़ से आती आवाज़ें, उड़ा ले जाएँगी।

शारिक़ कैफ़ी, बहुत पहले से इन्सानी रिश्तों का एक नया सामाजिक सांस्कृतिक, भावनात्मक और मनोवैज्ञानिक भूगोल बनाने के मिशन पर निकले हुए हैं और इस सिलसिले में उन्होंने रिश्तों की ऐसी-ऐसी पर्तें खोली हैं जो सिर्फ़ उन्हीं से मुम्किन हो सका है—

मुआफ़ी और इतनी सी ख़ता पर
सज़ा से काम चल जाता हमारा
किसी को फिर भी महंगे लग रहे थे
फ़क़त साँसों का था ख़र्चा हमारा

रोना   हो   आसान   हमारा
इतना   कर   नुक़्सान   हमारा

बे-मतलब की भीड़ लगाने वालों से
जाने वाला और अकेला होता है

उड़ते जाते लम्हों में कोई वाक़िआ', घटना या कहानी देख लेना और सामाजिक और भावनात्मक स्थितियों को मनोवैज्ञानिक सच्चाइयों की सूरत दे

देना शायरि का ऐसा कमाल है जिसमें आज तक का कोई उर्दू शायर उनका शरीक या महसर नज़र नहीं आता।

मौत का अनुभव और इससे संबंधित सामाजिक स्थितियाँ भी शायरि के रचना-संसार का ऐसा पहलू है जहाँ वो सबसे अलग और मुन्फ़रद हैं—

मौत ने सारी रात हमारी नब्ज़ टटोली
ऐसा मरने का माहौल बनाया हमने
हर सूरत में मरने का दिन ख़ास है लेकिन
मौत इसे भी आम तमाशा कर देती है

ख़ुशबीर सिंह 'शाद' का 'मैं', अस्तित्व के अस्ल चेहरे और उसकी सामाजिक सूरतों और अपनी अन्दरूनी हक़ीक़त और दुनिया पर पड़ने वाली उसकी परछाइयों के दरमियान संघर्ष का मैदान है। वो अपने सबसे पहले शे'र से लेकर आज तक, इसी कश-म-कश की दास्तान-गोई में मसरूफ़ हैं और इस अमल के दौरान उनकी शायरी ने, वजूद के धुँधलकों में दूर कहीं रौशन, अपने होने की संभावनाओं के चराग़ को लफ़्ज़ों की हथेलियों से महफ़ूज़ रखने की रूहानी रियाज़त यानी आध्यात्मिक साधना का रूप ले लिया है।

यूँही नहीं होती है ज़ात में दश्त-नवर्दी
ख़ुद को पहले पूरी तरह वीरान किया है

एक हिज़्रत जिस्म ने की एक हिज़्रत रूह ने
इतना गहरा ज़ख़्म आसानी से भर जाएगा क्या

उसी वुस्अत से जिसके पार जाना ग़ैर-मुम्किन था
मैं आगे बढ़ गया हद्द-ए-नज़र से मश्वरा कर के

सीख लिया है अब ख़ुद को धोके में रखना
बातिन और ज़ाहिर में हाइल हो जाता हूँ

तोड़ी नहीं है मैंने फ़सील-ए-क़फ़स कोई
मुजरिम अगर मैं हूँ तो हूँ ख़ुद से फ़रार का

रचनात्मक वजूद के ख़्वाब और दुनिया की संगीन हक़ीक़तों के बीच टकराव का अन्जाम, अक्सर हक़ीक़तों की कामयाबी और वजूद की नाकामी पर होता है मगर वजूद की नाकामी दरअस्ल उसकी कामयाबी का ही एक और रूप होती है कि ये धीरे-धीरे एक रचनात्मक चेतना की ज़मीन हासिल करती है जहाँ उसकी आइन्दा तामीर की बुनियादें रखी जाती हैं। इस चेतना की रूह का रंग उदासी का

होता है जो कहीं बहुत गहराई में, एक उम्मीद के दूर तक पड़ने वाले साए का रंग है। 'शाद' की शायरी पर उदासी की ख़िज़ाँ का रंग ऐसा खिलता है कि इसके सामने भरी बहार के सारे रंग शर्मिन्दा होने के सिवा और कुछ नहीं कर सकते।

उदासी मेरे अन्दर की कहीं बरहम न हो जाए
अगर हँसता भी हूँ तो चश्म-ए-तर से मश्वरा कर के

अगर उतार दिया जिस्म से उदासी को
तो किस क़बा से छुपाऊँगा बेलिबासी को

यहाँ उदासी घर के किसी बुज़ुर्ग की सी हैसियत रखती है जिसकी नाराज़गी के डर से हँसना भी मुम्किन नहीं और इसके लिए उदासी की नुमाइन्दगी करने वाली आँसू भरी आँखों से सलाह लेना ज़रूरी होता है

इस किताब में शामिल 'उदासी' रदीफ़ वाली ग़ज़ल 'शाद' साहब की बेहतरीन ग़ज़लों में शुमार की जा सकती है, जिसमें उदासी को कोई मा'शूक़ या देवी मान कर उससे तरह-तरह की मन्नतें माँगी जा रही हैं। इस ग़ज़ल में एक पुर-अस्रार रूहानी फ़ज़ा पैदा हो गई है जो उदासी की सारी नकारात्मकता की काया-पलट कर देती है।

हर सम्त फ़ज़ा में है बयाबाना उदासी
लाया है कोई दश्त से दीवाना उदासी
मैंने इसे तोहफ़े में दिए थे कई सदमे
दिल ने भी एवज़ में दिया नज़राना उदासी
पहले मुझे तन्हाई ने इक गीत सुनाया
फिर शब ने सुनाया मुझे अफ़साना उदासी
ख़ुशियों के ये लम्हात अ'ता कर दिए तूने
आबाद रहे तेरा तरब-ख़ाना उदासी

अगस्त 2021   —**फ़रहत एहसास**

दिल्ली

मनीष शुक्ला

मनीष शुक्ला

उत्तर प्रदेश के सीतापुर में 1971 में जन्मे मनीष शुक्ला का आबाई वतन उन्नाव है। स्कूली तालीम सहारनपुर से हासिल करने के बाद एम.ए. तक की पढ़ाई उन्होंने हिन्दुस्तान के तारीख़ी और तहज़ीबी शहर लखनऊ से पूरी की और यहीं से शुरू हुआ उनकी नौकरी का सिलसिला भी। 1997 में उत्तर प्रदेश पीसीएस में उनका चयन हुआ और इस वक़्त वह संयुक्त मुख्य निर्वाचन अधिकारी, उत्तर प्रदेश के पद पर कार्यरत हैं। मनीष शुक्ला समकालीन उर्दू ग़ज़ल का एक ऐसा नाम है जो अपने मुन्फ़रिद लहजे और ख़ास डिक्शन की वजह से अलग से पहचाना जाता है। उनकी शायरी क्लासिकी की मिठास और आज की तल्ख़ हक़ीक़तों के खुरदरेपन का एक ऐसा ख़ूबसूरत संगम है जो एक लम्बी रियाज़त के बाद हासिल होता है। उनकी शायरी को पसंद करने वाले हिन्दुस्तान और हिन्दुस्तान के बाहर तमाम मुल्कों में फैले हुए हैं। उन्हें देश-विदेश के मुशायरों में भी बहुत मुहब्बत से सुना जाता है। उनके दो ग़ज़ल संग्रह—*ख़्वाब पत्थर हो गए* और *रौशनी जारी करो* प्रकाशित हो चुके हैं और कई राष्ट्रीय और अंतर्राष्ट्रीय पत्र-पत्रिकाओं में लगातार प्रकाशित होते रहे हैं। उन्हें कई अहम अदबी अवार्डों से नवाज़ा जा चुका है, जिनमें फ़िराक़ गोरखपुरी अवार्ड, उत्तर प्रदेश उर्दू अकादेमी अवार्ड, मिर्ज़ा ग़ालिब अवार्ड और अन्य शामिल हैं। इनका संपर्क है – manishlko97@gmail.com, 9415101115

गुज़िश्ता वक़्त की इक इक निशानी याद रहती है
हमें अपनी कहानी मुँह ज़बानी याद रहती है

हम अपने दुश्मनों की बात का शिकवा नहीं करते
हमें अहबाब की शोला बयानी याद रहती है

फ़साने का फ़क़त अंजाम ही यादों में रहता है
न राजा याद रहता है न रानी याद रहती है

कोई किरदार आख़िर तक निगाहों में नहीं आता
किसी किरदार के दम पर कहानी याद रहती है

शिकस्त ओ फ़त्ह के अहवाल ज़हनों में नहीं रहते
फ़क़त अहल ए जुनूं की जां फ़िशानी याद रहती है

बढ़ा कर हाथ सीने से लगा लेती है जब मंज़िल
कहाँ फिर रास्ते की सरगिरानी याद रहती है

मुसाफ़िर तो उतर कर साहिलों पे भूल जाते हैं
मगर कश्ती को दरिया की रवानी याद रहती है

हम अपने नाम की सारी बलाओं से उलझते हैं
हमें ग़ालिब की मर्ग ए नागहानी याद रहती है

मुख़ालिफ़ीन[1] को हैरान करने वाला हूँ
मैं अपनी हार का ऐलान करने वाला हूँ

सुना है दश्त में वहशत[2] सुकून पाती है
सो अपने आप को वीरान करने वाला हूँ

फ़ज़ा में छोड़ रहा हूँ ख़याल का ताइर[3]
सुकूत ए अर्श[4] को गुंजान करने वाला हूँ

गिरा रहा हूँ ख़िरद[5] की तमाम दीवारें
जुनूं का रास्ता आसान करने वाला हूँ

हक़ीक़तों से कहो होशियार हो जाएँ
मैं अपने ख़्वाब को मीज़ान[6] करने वाला हूँ

कोई ख़ुदा ए मुहब्बत को बाख़बर कर दे
मैं ख़ुद को इश्क़ में क़ुर्बान करने वाला हूँ

सजा रहा हूँ तबस्सुम[7] का इक नया लश्कर
हुजूम ए यास[8] का नुक़सान करने वाला हूँ

---

1. विरोधी 2. दीवानगी 3. परिन्दा 4. आसमान की ख़ामोशी 5. बुद्धि 6. तराज़ू 7. मुस्कुराहट
8. दुख की भीड़

महव ए ग़म हैं उदास मत करिये
हमको ख़न्दा[1] शनास[2] मत करिये

सिर्फ़ माज़ी[3] हमारे हाल में है
हमसे फ़र्दा[4] की आस मत करिये

जो भी कहना है खुल के कह दीजे
आप महफ़िल का पास मत करिये

रुख़ से ज़ाहिर है आपकी ख़्वाहिश
आरिज़ी[5] इल्तेमास[6] मत करिये

आप तन्हा नहीं अकेले हैं
इसको ख़ल्वत[7] क़यास[8] मत करिये

वो कहानी मलूल[9] करती है
बार बार इक़्तेबास[10] मत करिये

आपके रंग छलछला उट्ठें
इतना सादा लिबास मत करिये

बेख़ुदी ही मुहाल हो जाए
इतना होश ओ हवास मत करिये

---

1. प्रसन्नता 2. जानकार 3. भूतकाल 4. भविष्य 5. दिखावटी 6. प्रार्थना 7. एकान्त 8. कल्पना
9. दुखी 10. उद्धरित

❀

पूछिये तो मिज़ाज कैसा है
कल का बीमार आज कैसा है

तुम ने जिस से निजात चाही थी
वो मरज़ लाईलाज कैसा है

हम जिसे तोड़ते हुए टूटे
अब वो कुहना[1] रिवाज कैसा है

हम तो बेदख़्ल हो चुके कब के
अब ये हम पे ख़िराज[2] कैसा है

हम कहीं दर्ज ही नहीं इस में
आप का इन्दराज[3] कैसा है

हम ने तुझ में मिला दिया ख़ुद को
देख तो इम्तिज़ाज[4] कैसा है

पूछती है लहद[5] की ख़ाक 'मनीष'
आप का तख़्त ओ ताज कैसा है

---

1. पुराना 2. कर 3. रजिस्टर 4. मिश्रण 5. क़ब्र

इश्क़ में इतना ख़सारा[1] क्यूँ किया था
आपने परदा गवारा क्यूँ किया था

आप तो हमको समन्दर में मिले थे
आपने हमसे किनारा क्यूँ किया था

आपको सुनना गवारा क्यूँ नहीं था
आपने चुप का इशारा क्यूँ किया था

आपके अब होश क्या बाक़ी रहेंगे
आपने अपना नज़ारा क्यूँ किया था

आपका सज्दा मुकम्मल क्यूँ नहीं था
आपने सज्दा दोबारा क्यूँ किया था

रौशनी चुभने लगी आँखों में दिन की
रात ने तन्हा गुज़ारा क्यूँ किया था

आपका ख़ुद पर कोई अब हक़ नहीं है
आपने ख़ुद को हमारा क्यूँ किया था

आप तो ख़ुद को बख़ूबी जानते थे
आप ने अपना सहारा क्यूँ किया था

जान लेने की अगर ख़्वाहिश नहीं थी
वार फिर इतना करारा क्यूँ किया था

---

1. नुकसान

नाख़ुदाओं की सरपरस्ती में
जी रहे हैं ख़ुदा की बस्ती में

संगसारी से डर नहीं लगता
चोट खाई है गुल परस्ती में

रहन रखनी पड़ी हैं ताबीरें
ख़्वाब देखा था तंगदस्ती में

ऐरी ग़ैरी शराब मत छूना
फ़र्क़ होता है महँगी सस्ती में

तेरे चाहे बग़ैर मिट जाए
इतनी जुर्रत कहाँ है हस्ती में

लोग पत्थर के हो गये देखो
इतना डूबे हैं बुत परस्ती में

जब से आतिश फ़रोश आए हैं
आग लगने लगी है बस्ती में

चलते चलते निकल गए ख़ुद से
हम भी दीवानगी की मस्ती में

मुझको ही करनी थी वां तशहीर[1] मिरी
हद दर्जा मोहतात[2] रही तक़रीर मिरी

बन जाऊँ तो आसानी से बनता हूँ
अव्वल अव्वल मुश्किल है तामीर मिरी

मुझको मेरी याद सताने लगती है
मुझको मत दिखलाया कर तस्वीर मिरी

तुझसे मिलना जैसे एक ज़ियारत[3] हो
तुझ से मिलकर बढ़ती है तौक़ीर[4] मिरी

मेरे जैसे क़ैदी शायद कम होंगे
मुझको लेकर भागी है ज़ंजीर मिरी

वो बस महफ़िल से जाने ही वाले थे
भारी पड़ने वाली थी ताख़ीर[5] मिरी

---

1. प्रचार 2. संकुचित 3. तीर्थ यात्रा 4. प्रतिष्ठा 5. देर

सब हिसाबात साफ़ थे मेरे
लोग फिर भी ख़िलाफ़ थे मेरे

मैंने तेरे लिये किया सब कुछ
जुर्म सारे मुआफ़ थे मेरे

मेरे असरार[1] खुल नहीं पाये
राज़ तो इन्किशाफ़[2] थे मेरे

किस तरह आप से मुकर जाते
आप तो ऐतराफ़[3] थे मेरे

तू ही महवर[4] था मेरी गर्दिश का
तेरी ख़ातिर तवाफ़[5] थे मेरे

मैं किसी और से कहाँ निभता
ख़ुद से ही इख़्तिलाफ़[6] थे मेरे

मैंने पत्थर से दोस्ती कर ली
आईने सब ख़िलाफ़ थे मेरे

---

1. रहस्य 2. प्रकट 3. स्वीकार 4. धुरी 5. परिक्रमा 6. विरोध

तुम को दुनिया का तलबगार नहीं होना था
पास जाना था गिरफ़्तार नहीं होना था

तुम पे पत्थर न उठा लें ये ज़माने वाले
तुम को मजनूँ का तरफ़दार नहीं होना था

हमने शहरों में ही वहशत के ठिकाने ढूँढ़े
हम को सहरा का अज़ादार[1] नहीं होना था

अपनी आँखों पे भला कैसे भरोसा कर लें
चाँद दिन में तो नमूदार[2] नहीं होना था

ख़ानक़ाहों[3] के लिये हम ने सजाई बज़्में
बादशाहों में हमें ख़्वार नहीं होना था

हमने महफ़िल में सर ए आम ख़ताएँ कर लीं
हम को ख़ल्वत[4] में गुनहगार नहीं होना था

अक़्ल वालों को कभी रास न आना था जुनूँ
इश्क़ वालों को समझदार नहीं होना था

---

1. मातम करने वाला 2. प्रकट 3. फ़क़ीरों के रहने का स्थान 4. एकान्त

जानकर दश्त ए जुनून ए इश्क़ का मारा हमें
रास्ता दिखला रहा था रात का तारा हमें

दर्द के यूँ तो हमें सब ज़ाविये[1] मालूम हैं
बस कभी मिलता नहीं है दर्द का चारा हमें

इब्तेदा में हम समन्दर भी थे मीठे ही मगर
रफ़्ता रफ़्ता कर दिया है वक़्त ने खारा हमें

हम तो इस दुनिया के पेच ओ ख़म से आजिज़ आ गये
आप चाहें तो समझ सकते हैं नाकारा हमें

हम तिलस्म ए ज़िन्दगी के ख़ौफ़ से मर जाएँगे
और सब को ये लगेगा मौत ने मारा हमें

रात का पिछला पहर है अब इजाज़त दीजिये
वरना फिर कहने लगेंगे लोग आवारा हमें

हम किसी दिन आसमां की सिम्त चल देंगे 'मनीष'
तक रहा है कुछ दिनों से एक सय्यारा[2] हमें

---

1. कोण 2. सितारा

दिलाऊँ याद तुझे क्या मुझी को याद नहीं
गुज़िश्ता रात का क़िस्सा किसी को याद नहीं

मैं तेरे साथ बड़ी दूर तक चला आया
मगर मैं साथ हूँ तेरे तुझी को याद नहीं

सभों ने साथ में देखा था प्यास का मातम
मगर वो वाक़्या शायद सभी को याद नहीं

फ़क़त सुकून की लहरें हैं और समंदर है
सफ़र का शोर शराबा नदी को याद नहीं

मलूल चेहरे मसर्रत से जगमगाते हैं
ग़मों की रात का मन्ज़र ख़ुशी को याद नहीं

नई बहार की आमद पे किस क़दर ख़ुश है
गई बहार की बातें कली को याद नहीं

उसी के दम से फ़राहम हुआ वजूद इसे
वो एक लम्हा अगरचे सदी को याद नहीं

हमें निसाब मुहब्बत का हिफ़्ज़ है अब तक
प जिसने याद कराया उसी को याद नहीं

बस अब तो राह नवर्दी है बदहवासी है
ख़िताब ए राह नुमा गुमरही को याद नहीं

बड़ी जी तोड़ तैय्यारी हुई है
नदी यूँ ही नहीं खारी हुई है

घुटा है दम हवाओं का मुसल्सल
फ़िज़ा की सांस तब भारी हुई है

पुराने ख़त यहाँ मम्नूअ[1] हैं अब
नई चिट्ठी कोई जारी हुई है

मुसाफ़िर राह में बिखरे पड़े हैं
ग़ज़ब की तेज़ रफ़्तारी हुई है

तुम्हें उम्मीद है अब तक जहाँ से
हमें तो सख़्त बेज़ारी हुई है

हक़ीक़ी लग रहा है हर तमाशा
क़यामत ख़ेज़ फ़नकारी हुई है

कोई इम्कां[2] नहीं अब रतजगों का
हर इक शब नींद की मारी हुई है

---

1. मना 2. सम्भावना

बड़ी मुश्किल थी दुनिया से हमें दो चार होना था
और उस पर ये मुसीबत साहिब ए किरदार होना था

जहाँ ख़ामोश रहना था वहाँ इज़हार कर बैठे
वहाँ ख़ामोश बैठे हैं जहाँ इज़हार होना था

हमारी ज़िन्दगी के सानहे भी क्या अजब गुज़रे
उसी पर मर मिटे जिस से हमें बेज़ार होना था

उधर उनको भी दुनिया को दिखाना था हुनर अपना
इधर हमको भी बेपरदा सर ए बाज़ार होना था

सुनाते रह गये बेहिस ज़माने को ग़ज़ल अपनी
किसे सरशार करते हम किसे सरशार होना था

हमारे टूटने को हादसा समझा गया लेकिन
हमारे टूटने से रास्ता तैय्यार होना था

हज़ारों बेअसर मन्ज़र निगाहों में भरे लेकिन
वहाँ आँखें गंवा बैठे जहाँ दीदार होना था

आओ हम तुम दोनों मिलकर दुनिया को ठुकराते हैं
बाहर से ज़िन्दा रहते हैं अंदर से मर जाते हैं

जाने कब तक सूरत निकले चारागर के आने की
तब तक अपनी सांसों से ही ज़ंजीरें पिघलाते हैं

अपनी मदहोशी का आलम दीवारों ने देखा है
हम अपने दिल का पैमाना ख़ल्वत में छलकाते हैं

तुझको कड़वी लगती हैं तो शायद कड़वी ही होंगी
हम तो बस तेरी बातों को ज्यूँ का त्यूँ दोहराते हैं

दुनिया वालों से क्या चर्चा करते अपने ज़ख़्मों का
वो बातें करने से तो हम ख़ुद से भी कतराते हैं

दुनिया वाले हँसता गाता चेहरा देखा करते हैं
उनको क्या मालूम कि हम भी रोते हैं झुंझलाते हैं

एक अकेला दिल दुनिया की सारी बातें एक तरफ़
इक छोटी सी कश्ती लेकर तूफ़ां से टकराते हैं

आँखों को पुर नम हसरत का दरवाज़ा वा[1] रखा है
अपने टूटे ख़्वाब को हमने अब तक ज़िन्दा रखा है

इश्क़ किया तो टूट के जी भर, नफ़रत की तो शिद्दत से
अपने हर किरदार का चेहरा हमने उजला रखा है

जो आया बाज़ार में वो बस जांच परख कर छोड़ गया
हमने ख़ुद को सोच समझ कर थोड़ा महँगा रखा है

था ऐलान कहानी में इक रोज़ नदी भी आएगी
हमने इस उम्मीद में अब तक ख़ुद को प्यासा रखा है

अक्सर शीरीं की चाहत ने कोहकनी[2] करवाई है
अक्सर परबत के सीने पर हमने तेशा रखा है

तुमने लहजा मीठा रखकर तीखी बातें बोली हैं
हमने बातें मीठी की हैं लहजा तीखा रखा है

हमसे बातें करने वाले उलझन में पड़ जाते हैं
हमने अपने अंदर ख़ुद को इतना बिखरा रखा है

दुनिया वालों ने तो पूरी कोशिश की ठुकराने की
लेकिन अपनी ज़िद में हमने ख़ुद को मनवा रखा है

हमको अब ख़ुद रस्ता चलकर मंज़िल तक पहुँचाएगा
काँधे पर सूरज है अपने सर पर साया रखा है

---

1. खुला 2. पर्वत तोड़ना

जीने से इन्कार किया जाता है क्या
ख़ुद से इतना प्यार किया जाता है क्या

नक़्श तराशी की काविश[1] तस्लीम[2] मगर
ख़ुद को यूँ मिस्मार[3] किया जाता है क्या

एक मुकम्मल दश्त नवर्दी[4] काफ़ी है
कार ए जुनूं हर बार किया जाता है क्या

चाहत का इज़हार ज़रूरी है फिर भी
चाहत का इज़हार किया जाता है क्या

आग का दरिया आग का दरिया होता है
आग का दरिया पार किया जाता है क्या

लहज़े में कुछ धार ज़रूरी है लेकिन
लहज़े को तलवार किया जाता है क्या

जिस लम्हे से सदियों की तौफ़ीक़[5] मिले
वो लम्हा बेकार किया जाता है क्या

---

1. प्रयास 2. स्वीकार 3. चकनाचूर 4. वीराने में विचरण 5. कृपा

हर किसी के सामने तिश्नालबी[1] खुलती नहीं
इक समंदर के सिवा सबसे नदी खुलती नहीं

ख़ुदनुमाई के लिये इक आइना भी चाहिए
झील पर पड़ने से पहले चाँदनी खुलती नहीं

शाम के ढलने से पहले ये चराग़ां किस लिये
तीरगी[2] गहरी न हो तो रौशनी खुलती नहीं

दिल के रिश्तों में ज़रूरी हैं बहुत बेबाकियां
हो तकल्लुफ़ दर्मियां तो दोस्ती खुलती नहीं

अब हमारे बीच दरवाज़ा नहीं दीवार है
और कोई दीवार दस्तक से कभी खुलती नहीं

हम जुनूं की सरहदें भी पार कर आए मगर
आगही[3] की राह उसके बाद भी खुलती नहीं

हर नया दिन ले के आता है नई हैरानियां
आख़िरी सांसों तलक ये ज़िन्दगी खुलती नहीं

---

1. होंठों की प्यास 2. अन्धेरा 3. ज्ञान

तू मुझको सुन रहा है तो सुनाई क्यूँ नहीं देता
ये कुछ इल्ज़ाम हैं मेरे सफ़ाई क्यूँ नहीं देता

मैं तुझको देखने से किस लिये महरूम रहता हूँ
अता करता है जब नज़रें रसाई[1] क्यूँ नहीं देता

नज़र अंदाज़ कर रखा है दुनिया ने तुझे कब से
किसी दिन अपने होने की दुहाई क्यूँ नहीं देता

मिरे हँसते हुए लहजे से धोखा खा रहे हो तुम
मिरा उतरा हुआ चेहरा दिखाई क्यूँ नहीं देता

कई लम्हे बचाकर रख लिये तूने अलग मुझसे
तू मुझको ज़िन्दगी भर की कमाई क्यूँ नहीं देता

ख़ुद अपने आप को ही घेर कर बैठा है तू कब से
अब अपने आप से ख़ुद को रिहाई क्यूँ नहीं देता

मैं तुझको जीत जाने की मुबारकबाद देता हूँ
तू मुझको हार जाने की बधाई क्यूँ नहीं देता

---

1. पहुँच

मुहब्बत की फ़रावानी[1] मुबारक
तुम्हें आँखों की तुग़यानी[2] मुबारक

तुम्हारा चाँद पूरा हो गया है
तुम्हें ठहरा हुआ पानी मुबारक

उतर आया है दिल में नूर कोई
तुम्हें चेहरे की ताबानी[3] मुबारक

किसी पर फिर यक़ीं करने लगे हो
तुम्हें फिर से ये नादानी मुबारक

तुम अपनी बात कहना जानते हो
तुम्हें लफ़्ज़ों की आसानी मुबारक

तुम्हें ये शोर ओ ग़ुल नैरंग ए दुनिया[4]
हमें सहरा की वीरानी मुबारक

कोई सूरत मुरत्तब[5] हो रही है
ख़यालों की परेशानी मुबारक

---

1. आधिक्य 2. बाढ़ 3. चमक 4. दुनिया की विभिन्न अवस्थाएँ 5. व्यवस्थित

एक ही बार में ख़्वाबों से किनारा करके
बुझ गयी दीद[1] शब ए वस्ल[2] नज़ारा करके

जुज़[3] तिरे और तरीक़े भी निकल सकते थे
हमने देखा ही नहीं ख़ुद को दोबारा करके

हम तो बस बोलने वाले थे सभी कुछ सच सच
तुमने अच्छा ही किया चुप का इशारा करके

हम तो सदियों से इसी तौर बसर करते हैं
तुम भी कुछ रोज़ यहाँ देखो गुज़ारा करके

ख़ुद को सौंपा था तुम्हें हम को तुम्हारा करने
तुमने लौटाया हमें हम को हमारा करके

करते रहते हैं जो हर वक़्त तुम्हारा चर्चा
ख़ुद को छोड़ेंगे किसी रोज़ तुम्हारा करके

अब ये दरिया ये तलातुम[4] ये सफ़ीना[5] क्या है
हम तो सब भूल गये तुमको सहारा करके

---

1. दृष्टि 2. मिलन की रात 3. सिवा 4. तूफ़ान के हिचकोले 5. नाव

मदन मोहन दानिश

मदन मोहन दानिश

8 सितंबर 1961 को उत्तर प्रदेश के बलिया ज़िले के रामगढ़ में पैदा हुए मदन मोहन दानिश की शुरुआती परवरिश और हाईस्कूल तक की पढ़ाई उनके जन्मस्थान पर ही हुई। उसके बाद ज़िन्दगी उन्हें भोपाल से होते हुए ग्वालियर तक ले आई। इन दोनों तारीख़ी और तहज़ीबी शहरों में ही उन्होंने आगे की तालीम हासिल की और यहीं से शुरू हुआ नौकरी का सिलसिला भी। वे आकाशवाणी में कई ज़िम्मेदार ओहदों पर रहे।

मदन मोहन दानिश समकालीन उर्दू ग़ज़ल का एक अहम नाम है। उनकी शायरी ज़िन्दगी के मुख़्तलिफ़ रंगों से सजा ऐसा कोलाज है जिसमें हर आदमी को अपनी धूप-छाँव और अपना रूप-रंग नज़र आता है। यही वजह है कि उनकी शायरी की ख़ुशबू मुल्क की सरहदों से होती हुई दुनिया के तमाम मुल्कों में फैल चुकी है। अमेरिका, कनाडा, पाकिस्तान, दुबई, दोहा क़तर, शारजाह, आबूधाबी सहित कई मुल्कों और शहरों के अदबी मुशायरों में वो शिरकत कर चुके हैं। दानिश की दो किताबें *अगर* और *आसमां फ़ुरसत में* है अपने पढ़ने वालों से भरपूर मुहब्बत हासिल कर चुकी हैं। उन्हें कई अहम अदबी अवार्डों से नवाज़ा जा चुका है जिनमें कुल अदबी अवदान के लिए मध्य प्रदेश उर्दू साहित्य अकादमी का प्रतिष्ठित अवार्ड, राजस्थान का डॉ. भगवत शरण चतुर्वेदी राष्ट्रीय स्मृति साहित्य सम्मान, राष्ट्रीय अनामिका साहित्य परिषद सम्मान, शाने-उर्दू अवार्ड आदि शामिल हैं। इनका संपर्क है – madan.danish@gmail.com, 9425114435

ख़ामशी को मिरी दुआ समझो
और जो बोल दूँ, हुआ समझो

वो जो रोता है ख़्वाब में मेरे
उसको रोता हुआ ख़ुदा समझो

सूखे पेड़ों पे जब तलक हैं परिन्द
उनको अंदर से तुम हरा समझो

हिज्र की रात, रात जंगल की
हिज्र का दिन पहाड़ सा समझो

उसको जो याद करता रहता हूँ
इसको इक मुस्तक़िल नशा समझो

मुझ में इक और शख़्स है लेकिन
उसको हरगिज़ न दूसरा समझो

मैं तो जंगल का फूल हूँ दानिश
मुझको हर हाल में खिला समझो

किसी का हौसला होना था मुझको
तो हर रुत में हरा होना था मुझको

बहुत इम्कान[1] था लफ़्ज़ों में फिर भी
ख़मोशी से अदा होना था मुझको

नहीं छोड़ा पुरानेपन को अपने
इसी से फिर नया होना था मुझको

किसी दिन वो अचानक यूँ मिलेगा
ये पहले से पता होना था मुझको

भँवर से जिस तरह मैं लड़ रहा हूँ
किनारे पर लगा होना था मुझको

मेरी तस्वीर यूँ तो हू-ब-हू है
पर इससे कुछ जुदा होना था मुझको

---

1. सम्भावना

सामने उसके कहाँ कुछ भी छुपा पाता हूँ
सीधा मुजरिम हूँ, हरेक बार सज़ा पाता हूँ

रोज़ पढ़ता हूँ तिरे ख़त को नई हैरत से
रोज़ इक लफ़्ज़ नया उसमें लिखा पाता हूँ

आसमानों से है याराना मिरा कुछ ऐसा
रात जो काम कहूँ, सुब्ह हुआ पाता हूँ

सात तालों में करूँ बंद ख़यालों को मगर
आँख खुलती है तो दरवाज़ा खुला पाता हूँ

जब भी होती है मुलाक़ात मिरी जाँ तुझसे
उस घड़ी ख़ुद को मैं अपने से सिवा पाता हूँ

क़ैद करता है कोई उजड़े मकाँ में मुझको
और मैं ख़ुद को ख़लाओं में रिहा पाता हूँ

नया किरदार होता जा रहा हूँ
ख़ुद अपना यार होता जा रहा हूँ

मुझे अंदर से कोई टोकता है
कि मैं हुशियार होता जा रहा हूँ

दरख़्तों से है यारी का करिश्मा
मैं सायादार होता जा रहा हूँ

कहीं दरवाज़ा भी होगा मुझी में
अगर दीवार होता जा रहा हूँ

बहुत मुश्किल तो था इक़रार दानिश
पर अब तैयार होता जा रहा हूँ

दिल का ये मशवरा सुना जाए
अब कहीं लापता हुआ जाए

बात की जाए कुछ दरख़्तों से
फिर परिन्दों से भी मिला जाए

देर तक अपना सर धुने दुनिया
ऐसा कुछ कान में कहा जाए

वो जो क़ीमत वसूल करती है
उस घनी छांव से बचा जाए

मंज़िलें आती-जाती रहती हैं
किसलिए राह में रुका जाए

अपनी दुनिया भी चल पड़े शायद
इक रुका फ़ैसला किया जाए

अपनी ही धूप-छांव से दानिश
अपना मौसम उगा लिया जाए

मैं ख़ुद हैरत में हूँ क्या कर दिया है
तेरी ख़्वाहिश को दुनिया कर दिया है

मैं चाहूँ भी तो कैसे झूठ बोलूँ
मुहब्बत ने फ़रिश्ता कर दिया है

कहाँ सोती है अब पगडंडी कोई
हमीं ने इनको रस्ता कर दिया है

दरख़्तों ने किया सरसब्ज़ मुझको
परिंदों ने परिंदा कर दिया है

नहीं हरगिज़ नहीं, ये कह के उसने
मिरी ज़िद में इज़ाफ़ा कर दिया है

बहुत सुनता था अपनी गूंज दानिश
अब इसने मुझको बहरा कर दिया है

खिला न फूल मुहब्बत सा दूसरा कोई
फिर इसके जैसा करिश्मा नहीं हुआ कोई

तमाम बन में भटकती हुई नई चिड़िया
तलाश करती हुई शाख़े-गुमशुदा कोई

हवा ने दौड़ के मौसम को ये ख़बर दी है
उगा है शाख़ पे पत्ता नया-नया कोई

वो एक गूंज में तब्दील हो गई होगी
जो आ रही थी कहीं दूर से सदा कोई

तिलिस्म टूटा तो एहसास ये हुआ दानिश
मुझी को मेरी कहानी सुना गया कोई

सफ़र का था, सफ़र का हो गया हूँ
मैं चलते-चलते रस्ता हो गया हूँ

कहानी पर करूँगा बात लेकिन
अभी तो इसका हिस्सा हो गया हूँ

मुसलसल तजरबों का है नतीजा
मैं दरया से किनारा हो गया हूँ

नया कुछ भी कहाँ मैंने किया है
मैं जिसका था उसी का हो गया हूँ

वो तितली की ज़बाँ में बोलती है
मैं फूलों का इशारा हो गया हूँ

बिगाड़ा था मुझे दुनिया ने दानिश
मगर मैं कितना अच्छा हो गया हूँ

जो बात ख़ास है वो ख़ुद को भी बताऊँ नहीं
मैं लुत्फ़ लेता रहूँ और मुस्कराऊँ नहीं

अगर क़रीने से रख दूँ कभी कोई सामान
तो मुद्दतों मैं उसे हाथ भी लगाऊँ नहीं

बता बता के अजीबोग़रीब काम अपने
ख़ुदा की और परेशानियाँ बढ़ाऊँ नहीं

मैं हँसता बोलता रहता हूँ कोई मौसम हो
मगर जो रूठूँ तो फिर ख़ुद को भी मनाऊँ नहीं

उसे सताने का बस इक यही तरीक़ा है
कि उसके दिल में रहूँ और समझ में आऊँ नहीं

बतानी पड़ती है क़ीमत ज़मीन को अपनी
वगरना यूँ मैं कभी आस्मां पे जाऊँ नहीं

मैं कुछ दिनों तो सही राह पर चलूँ दानिश
फिर अपने आपको भी रास्ता बताऊँ नहीं

कोई काँटा न हो गुलाबों में
ऐसा मुमकिन है सिर्फ़ ख़्वाबों में

दिल को कैसे क़रार आता है
ये लिखा ही नहीं किताबों में

इतने सीधे सवाल थे मेरे
वो उलझता गया जवाबों में

ये जो ख़ुशियाँ हैं, इनका क्या होगा
दर्द तो छुप गया शराबों में

मैं ही उसका ग़ुरूर था दानिश
और मुझी को रखा ख़राबों में

फूल सा कुछ इज़हार हो कोई
तितली सा इनकार हो कोई

मुझसे क्योंकर मैं टकराऊँ
मुझमें क्यों दीवार हो कोई

दरया है इस फेर में कब से
मौजों में तकरार हो कोई

दिन इस चक्कर में रहता है
शाम मिरी बेकार हो कोई

एक ख़याल अदा होना है
लफ़्ज़ अगर तैयार हो कोई

इश्क़ में कुछ तो बात है दानिश
वरना क्यों बीमार हो कोई

हाय हम कैसे हुआ करते थे
जिन दिनों उससे मिला करते थे

यूँ ही हैरत में नहीं थी दुनिया
हम जो करते थे, नया करते थे

कुछ भी आसान न था पहले भी
फिर भी हम खुल के हँसा करते थे

पास जाते ही, लगाए हुए पेड़
कैसे पहचान लिया करते थे

तन्हा मिल जाए मुसाफ़िर जो कोई
रास्ते बात किया करते थे

मान लेते थे वही सच पहले
जो भी लोगों से सुना करते थे

ओढ़ ली उसने भी चुप्पी दानिश
जिससे हर बात किया करते थे

तुम्हारे साथ जो बरता हुआ है
वो लम्हा जस का तस रक्खा हुआ है

अभी ये रंग जो पहना है तुमने
यही मौसम ने भी पहना हुआ है

तुम्हारा नाम क्यों पूछेगा कोई
यहाँ हर फूल पर लिक्खा हुआ है

हमारी मुंतज़िर[1] आँखों से पूछो
ये चलता वक़्त क्यों ठहरा हुआ है

ये मुमकिन है कि पसमंज़र जुदा हो
मगर मंज़र तो ये देखा हुआ है

नया इक कारवाँ यादों का दानिश
हरेक तस्वीर में ठहरा हुआ है

---

1. प्रतीक्षारत

बहुत भरोसा लफ़्ज़ों पर मत किया करो
कहने में जो छूट गया है, सुना करो

मेले में ख़ामोशी से चक्कर काटो
सन्नाटे में आवाज़ों से मिला करो

तारों से बेकार की बातें करो कभी
चाँद से उलझो यूँही, उसको ख़फ़ा करो

रात के चौथे पहर में सोने से पहले
कमरे की दीवारों पर कुछ लिखा करो

इक ज़ंजीर तुम्हारे अंदर भी तो है
कभी-कभी उसकी झंकारें सुना करो

पेड़ के नीचे बैठ के साये में दानिश
धूप से अच्छी-अच्छी बातें किया करो

तअल्लुक़ में नया इतना हुआ है
वो मेरा नाम लेने लग गया है

ख़िज़ाँ की रूत में ये लगता है जैसे
शजर बैराग लेने जा रहा है

मुसलसल लफ़्ज़ पीछा कर रहे हैं
उसी का, जो अभी तक अनकहा है

सुनूँगा सारी आवाज़ों को लेकिन
कहूँगा वो जो मेरा तजरबा है

नदी ने दुःख नहीं बाँटा किसी से
किनारा फिर भी सब कुछ जानता है

वो आँखें अब मुकम्मल हो चली हैं
उन्हें भी बात करना आ गया है

कहाँ मालूम है मुझको भी दानिश
मेरा दिल वाक़ई क्या चाहता है

दर्द सीने में छुपाए रक्खा
हमने माहौल बनाए रक्खा

मौत आई थी कई दिन पहले
उसको बातों में लगाए रक्खा

थे भटकने के बहुत अन्देशे
इश्क़ ने हमको बचाए रक्खा

वरना तारों को शिकायत होती
हमने हर ज़ख़्म छुपाए रक्खा

दश्त में आई बला टलने तक
शोर चिड़ियों ने मचाए रक्खा

काम दुश्वार था फिर भी दानिश
ख़ुद को आसान बनाए रक्खा

और क्या आख़िर तुझे ऐ ज़िन्दगानी चाहिए
आरजू कल आग की थी, आज पानी चाहिए

ये कहाँ की रीत है, जागे कोई सोए कोई
रात सब की है तो सब को नींद आनी चाहिए

इस को हँसने के लिए तो उस को रोने के लिए
वक़्त की झोली से सब को इक कहानी चाहिए

क्यूँ ज़रूरी है किसी के पीछे पीछे हम चलें
जब सफ़र अपना है तो अपनी रवानी चाहिए

कौन पहचानेगा दानिश अब तुझे किरदार से
बे-मुरव्वत वक़्त को ताज़ा निशानी चाहिए

इल्म जब होगा किधर जाना है
हाय तब तक तो गुज़र जाना है

इश्क़ इक लम्हे में सदियां जीना
इश्क़ इक लम्हे में मर जाना है

राह रोकेंगे सितारे फिर भी
आसमानों से उतर जाना है

इश्क़ कहता है भटकते रहिए
और तुम कहते हो घर जाना है

अपनी सरहद से निकल कर दानिश
इन फ़ज़ाओं में बिखर जाना है

मसअला तो इश्क़ का है, ज़िन्दगानी का नहीं
यूँ समझिए प्यास का शिकवा है, पानी का नहीं

क्या सितम है वक़्त का, इस दौर का हर आदमी
है तो इक किरदार पर अपनी कहानी का नहीं

अनसुना करने से पहले सोच लो तुम एक बार
ख़ामशी का शोर है ये, बेज़ुबानी का नहीं

काश तुम रौनक़ के पीछे का अँधेरा देखते
नक़्श जो तहरीर का है वो मआनी का नहीं

वक़्त को क्या हो गया है, क्यों सुनाता है हमें
जंगली फूलों का क़िस्सा, रातरानी का नहीं

इक-न-इक दर तो खुला होता है
ये भी किस-किस को पता होता है

देर तक ख़ुद से न रूठो प्यारे
इसका अंजाम बुरा होता है

ज़िन्दगी रूप बदल लेती है
सिर्फ़ मर जाने से क्या होता है

उम्र होती है पुरानी हर दिन
तजरुबा रोज़ नया होता है

रात ढलती ही कहाँ है दानिश
दिन निकल जाने से क्या होता है

शारीरिक कैफ़ी

शारिक़ कैफ़ी

1 जून 1961 को उत्तर प्रदेश के तहज़ीबी शहर बरेली में जन्मे शारिक़ कैफ़ी की बुनियादी तालीम और परवरिश अपने शहर में ही हुई। बाद में बरेली से ही उन्होंने बी.एससी. और उर्दू में एम.ए. की पढ़ाई भी पूरी की। मशहूर शायर कैफ़ी विज़दानी इनके वालिद थे जिनकी ज़िन्दगी और शायरी का गहरा असर इन पर पड़ा।

शारिक़ कैफ़ी समकालीन उर्दू ग़ज़ल का एक अहम नाम है। वे अपनी शायरी में इंसानी रिश्तों की बहुत बारीक परतों के पार भी पहुँचते हैं और उसकी गहरी मनोवैज्ञानिक पड़ताल करते हैं। रिश्तों के तमाम रंग और शेड्स इनकी शायरी में इस क़दर जीवंत हो उठते हैं कि पढ़ने वाला बैठे-बैठे मुस्कुराने लग जाए या उदास हो जाए। ये कमाल उन्हीं का हिस्सा है।

अब तक इनके 6 संग्रह—*आम सा रद्दे-अमल, यहाँ तक रोशनी आती नहीं थी, अपने तमाशे का टिकट* (नज़्मों का संग्रह), *फिर भी खिड़की तो मैंने खोल ही ली, दुःख नए कपड़े बदल कर, देखो क्या-क्या भूल गए हम*—अपने पढ़ने वालों से भरपूर मुहब्बत हासिल कर चुके हैं। वे हिन्दुस्तान और हिन्दुस्तान के बाहर के मुल्कों में ख़ासे लोकप्रिय हैं। इन्हें कई अदबी अवार्डों से सम्मानित किया जा चुका है। जिनमें—'पंजाब केसरी अवार्ड', 'शाने-उर्दू अवार्ड', 'जश्ने-अदब अवार्ड' आदि शामिल हैं। इनका संपर्क है – kaifialina@gmail.com, 9997162395

हमीं तक रह गया क़िस्सा हमारा
किसी ने ख़त नहीं खोला हमारा

पढ़ाई चल रही है ज़िन्दगी की
अभी उतरा नहीं बस्ता हमारा

मुआफ़ी और इतनी सी ख़ता पर
सज़ा से काम चल जाता हमारा

किसी को फिर भी महंगे लग रहे थे
फ़क़त सांसों का ख़र्चा था हमारा

यहीं तक इस शिकायत को न समझो
ख़ुदा तक जाएगा झगड़ा हमारा

तरफ़दारी नहीं कर पाए दिल की
अकेला पड़ गया बंदा हमारा

तआरुफ़ क्या करा आए किसी से
उसी के साथ है साया हमारा

नहीं थे जश्न-ए-याद-ए-यार में हम
सो घर पर आ गया हिस्सा हमारा

हमें भी चाहिए तनहाई 'शारिक़'
समझता ही नहीं साया हमारा

आईने का साथ प्यारा था कभी
एक चेहरे पर गुज़ारा था कभी

आज सब कहते हैं जिस को ना ख़ुदा
हमने उस को पार उतारा था कभी

कैसे टुकड़ों में उसे कर लूं क़ुबूल
जो मिरा सारे का सारा था कभी

आज कितने ग़म हैं रोने के लिए
इक तिरे दुख का सहारा था कभी

जुस्तजू इतनी भी बेमानी न थी
मंज़िलों ने भी पुकारा था कभी

ये नए गुमराह क्या जानें मुझे
मैं सफ़र का इस्तिआरा था कभी

इश्क़ के क़िस्से न छेड़ो दोस्तो
मैं इसी मैदां में हारा था कभी

कौन कह सकता है उस को देख कर
ये वही है जो हमारा था कभी

ये मिरे घर की फ़ज़ा को क्या हुआ
कब यहाँ मेरा तुम्हारा था कभी

रोना धोना सिर्फ़ दिखावा होता है
कौन मिरे जाने से तन्हा होता है

उसकी टीस नहीं जाती है सारी उम्र
पहला धोका पहला धोका होता है

नाम भी उसका याद नहीं रख पाते हम
गलियों-गलियों जिसे पुकारा होता है

सारी बातें याद हमें आ जाती हैं
लेकिन जब वो उठने वाला होता है

मर जाता है तंज़ भरे इक जुमले से
कोई-कोई तो इतना ज़िंदा होता है

आँसू भी हम ख़र्च वहीं पर करते हैं
जहाँ कोई दिल रखने वाला होता है

बे मतलब की भीड़ लगाने वालों से
जाने वाला और अकेला होता है

घर में इसे महसूस करो या सहरा में
सन्नाटा तो बस सन्नाटा होता है

अच्छे चेहरे अच्छे चेहरे होते हैं
उनमें भी इक अपना वाला होता है

रोना हो आसान हमारा
इतना कर नुक़सान हमारा

बात नहीं करनी तो मत कर
चेहरा तो पहचान हमारा

ख़ुशफ़हमी हो जाएगी हम को
मत रख इतना ध्यान हमारा

पहली चोट में जान गए हम
इश्क़ नहीं मैदान हमारा

मौत ने आ कर बांध लिया था
पहले ही सामान हमारा

जीत गया तेरा भोलापन
हार गया शैतान हमारा

❧

गिला ये नहीं है कि बे घर किया
हवा ने मिरा ज़िक्र बाहर किया

तिरे नाम पर आंच आने न दी
तमाशा गली से निकल कर किया

जो रस्ता बहुत दूर तक था ख़राब
उसे घर के आगे बराबर किया

नज़र के इशारों में खोए रहे
यही काम दोनों ने दिन भर किया

हमारा सा बदनाम कोई नहीं
चलो कुछ तो औरों से बेहतर किया

हमारी जगह थी मगर उम्र भर
किसी को उठाया तो बिस्तर किया

जो लिक्खे हुए थे वो काटे नहीं
तिरा नाम नीचे से ऊपर किया

कीमती सामां कि छप्पर था हवा
किस को तूने लौट कर देखा हवा

इक तो तेरे शहर में होने का सुख
और उस पर सुबह की ताज़ा हवा

सांस भर तो आ मेरे सीने में तू
इतनी कंजूसी भी क्या करना हवा

हम कहाँ जाएँगे तुझ को ढूँढ़ने
हमने तेरा घर नहीं देखा हवा

ख़ाक को कर तो दिया तू ने ग़ुबार
अब ज़रा आराम से चलना हवा

छत पे आएगी तो मिल लेंगे मगर
अब तेरा पीछा नहीं करना हवा

कुछ मदद कर दे दुआ देंगे तुझे
इक पता हम को नहीं मिलता हवा

फूस का छप्पर उड़ा कर ले गई
हमने तुझ को आज पहचाना हवा

❦

यहाँ दश्त में सब मिरे लोग हैं
सभी घर से भागे हुए लोग हैं

इन्हें किस नदी में बहाऊँगा मैं
जो काग़ज़ पे लिक्खे हुए लोग हैं

इन्हें भी मिले दाद कुछ सब्र की
जो कुर्सी पे रक्खे हुए लोग हैं

यही सोच कर नर्म कर ले ज़बां
तिरे ही पुकारे हुए लोग हैं

मरीज़ों में इन को भी गिन लीजिए
ये बाहर जो बैठे हुए लोग हैं

ज़्यादा ही कुछ आज ज़िंदा हैं ये
जनाज़े से लौटे हुए लोग हैं

यहीं ढूँढ़ लूँ एक कोना कहीं
यहाँ प्यार करते हुए लोग हैं

ज़माना ही अगर इतना बुरा था
तो वो थोड़ा बुरा भी क्या बुरा था

किसी कोने में बैठा सोचता हूँ
यहाँ मेरा न होना क्या बुरा था

अगर दुनिया समझती थी इशारे
तो खुल कर नाम लेना क्या बुरा था

नहीं जाता किसी मंज़िल को लेकिन
भटकने को वो रस्ता क्या बुरा था

मरज़ जब खुल गया तो सोचता हूँ
मेरा धोके में रहना क्या बुरा था

कमाल सिर्फ़ हँसाने के रह गए मेरे
उसूल बेच के खाने के रह गए मेरे

दवाएँ रंग बदलने को रह गईं मेरी
तबीब ख़र्च बढ़ाने के रह गए मेरे

जो सुन के पीठ थपकते वो यार ख़्वाब हुए
गुनाह सिर्फ़ छुपाने के रह गए मेरे

जले हुए हैं मगर रोशनी नदारद है
चराग़ सिर्फ़ दिखाने के रह गए मेरे

ख़ुदा का शुक्र कि चलते हैं दोनों हाथ मगर
कहाँ ये हाथ बँटाने के रह गए मेरे

ग़ज़ल वहाँ नहीं पहुँची जहाँ पहुँचना था
ख़ुतूत आग लगाने के रह गए मेरे

❦

तेरी यादों का मौसम जा रहा है
तभी तो और रोना आ रहा है

उसी पर तो कभी बिछड़े थे तुम से
हमें जो रास्ता मिलवा रहा है

शजर की है कोई साए से अनबन
कि साया पेड़ से उकता रहा है

सुने लेते हैं बूढ़े वक़्त की भी
ये अंधा क्या हमें समझा रहा है

हर इक तरकीब हमने आज़माई
तिरा चेहरा नहीं धुंधला रहा है

मगर ये फूल क्यूँ हँसते हैं इतना
इन्हें ऐसा नज़र क्या आ रहा है

कि जिस में काम चल जाए हमारा
वो बस इतना ही धोका खा रहा है

बला का सब्र है इस आदमी में
जो मुझसे भी नहीं उकता रहा है

❦

वाक़ई इतना बड़ा बीमार हूँ?
मैं तो समझा था ज़रा बीमार हूँ

यूँ तो मेरे भी बहुत से हैं मरीज़
आपका मैं कौन सा बीमार हूँ

किस लिए देखूँ पलट कर अस्पताल
मैं तो घर जाता हुआ बीमार हूँ

इश्क़ ने फिर मौत को दे दी शिकस्त
नर्स से रूठा हुआ बीमार हूँ

हूँ वही मैं इतनी लाचारी में भी
वार्ड का सब से बुरा बीमार हूँ

ये भी इक तरक़ीब है और कुछ नहीं
मुँह छुपाने को ज़रा बीमार हूँ

❦

किसी तौर दुनिया ठिकाने लगी
तो अन्दर की दुनिया नचाने लगी

वो लड़का वो लड़की जो करते थे बात
हमारी समझ में भी आने लगी

कहा मौत से मैंने कब आएगी
वो अपनी हथेली दिखाने लगी

जो ख़ुद इक सदा पर इकट्ठा हुई
वही भीड़ रस्ता दिखाने लगी

गए थे कि इज़हार कर देंगे आज
वो शादी का जोड़ा दिखाने लगी

ये लड़की तो दिल जीत लेगी मेरा
तुम्हारी तरह मुस्कुराने लगी

नज़र आया ऐसा दरीचे में क्या
हवा रुक के सीटी बजाने लगी

मंज़िलों से पुकारा जाता हूँ
और रस्ते में मारा जाता हूँ

यूँ भी रुकता नहीं कि रुकते ही
हर तरफ़ से पुकारा जाता हूँ

पूछ भी जिन से कुछ नहीं सकता
ऐसे हाथों से हारा जाता हूँ

मेज़ पर हूँ मैं हर किसी की मगर
कब गले से उतारा जाता हूँ

उस से मैय्यत का वक़्त बेहतर है
जिस तरह मैं गुज़ारा जाता हूँ

हाथ आता हूँ तो मुकम्मल ही
और जाऊँ तो सारा जाता हूँ

जीत आता हूँ मैं तमाम महाज़
और ख़ेमे में मारा जाता हूँ

❧

बीमारों में शामिल हो गए
क़ब्र के नक़्शे दाख़िल हो गए

कर के हमारे जिस्म पे क़ब्ज़ा
वो समझा हम हासिल हो गए

ख़ून बहुत देखा था हमने
आसानी से क़ातिल हो गए

और ज़रा सी उम्र बढ़ा ली
और ज़रा से बुज़दिल हो गए

जब से अपनी अक़्ल चलाई
और भी पर्चे मुश्किल हो गए

छोड़ दिया था लुटने ख़ुद को
जिस को जितना हासिल हो गए

इतना भटके जंगल जंगल
घर रहने के क़ाबिल हो गए

जीत ली सारी दुनिया हमने
फिर दुनिया से ग़ाफ़िल हो गए

❧

इक दिन ख़ुद को अपने पास बिठाया हमने
पहले यार बनाया फिर समझाया हमने

ख़ुद भी आख़िरकार उन्हीं वादों से बहले
जिन से सारी दुनिया को बहलाया हमने

भीड़ ने यूँ ही रहबर मान लिया है वरना
अपने अलावा किस को घर पहुँचाया हमने

मौत ने सारी रात हमारी नब्ज़ टटोली
ऐसा मरने का माहौल बनाया हमने

घर से निकले चौक गए फिर पार्क में बैठे
तन्हाई को जगह-जगह बिखराया हमने

इन लम्हों में किस की शिरकत कैसी शिरकत
उसे बुला कर अपना काम बढ़ाया हमने

दुनिया के कच्चे रंगों का रोना रोया
फिर दुनिया पर अपना रंग जमाया हमने

तुम को इक बेजान खिलौना मान लिया था
देखा तुमने कैसा धोका खाया हमने

जब 'शारिक़' पहचान गए मंज़िल की हक़ीक़त
फिर रस्ते को रस्ते भर उलझाया हमने

अच्छे इश्क़ के क़िस्से हो गए
रोते-रोते बूढ़े हो गए

कोई तो कहता गले लगा कर
यार मेरे तुम दुबले हो गए

सब से पिछली बेंच के साथी
कान पकड़ने वाले हो गए

गाँव भी अब वो गाँव कहाँ है
सारे खेत मोहल्ले हो गए

जाने क्या था उस लड़की में
देखा और दीवाने हो गए

तुझ को छोड़ के तेरी गली में
सब जाने पहचाने हो गए

ग़ुरबत के दिन भूल न पाए
इज़्ज़त मिल गई पैसे हो गए

तेरी कमी में फ़र्क़ न आया
कितने मिलने वाले हो गए

इतनी भूक नहीं थी हम को
जितने बर्तन झूठे हो गए

इस पर भी नाराज़ है कोई
बिना बताए अच्छे हो गए

किस ने आँख उठा कर देखा
कितने कुर्ते मैले हो गए

बीमारी इक काम तो अच्छा कर देती है
यारों को कुछ देर इकट्ठा कर देती है

हर सूरत से मरने का दिन ख़ास है लेकिन
मौत इसे भी आम तमाशा कर देती है

रंग भरो अपने हिस्से के और मर जाओ
दीमक हर तस्वीर को पूरा कर देती है

एक क़दम दहलीज़ के बाहर रखता हूँ मैं
और हवा रफ़्तार ज़्यादा कर देती है

इक मुद्दत से शाम ढले ही याद तुम्हारी
आ जाती है और सवेरा कर देती है

इतनी मोहब्बत जितनी वो मुझसे करता है
इतनी मोहब्बत मुश्किल पैदा कर देती है

इश्क़ करो आराम नहीं आए तो कहना
ये बीमारी सब को अच्छा कर देती है

रूठे तो इक लफ़्ज़ नहीं कहती है मुँह से
बस खाने में नमक ज़्यादा कर देती है

जो यक़ीं था मुझ को निजात में वो कहाँ गया
जो दवा का पर्चा था हाथ में वो कहाँ गया

ये तो और कोई है मेरे पास के बेड पर
वो जो साथ सोया था रात में वो कहाँ गया

जो प्लेट ले के भटक रहा था इधर-उधर
वो जो अजनबी था बरात में वो कहाँ गया

कहीं दिल में फिर कोई वहम तो नहीं आ गया
वो जो ज़ोर था तेरी बात में वो कहाँ गया

मुझे सारी उम्र को एहतियात में डाल कर
वो जो सांप था मेरी घात में वो कहाँ गया

थाल-पर-थाल सजाने से नहीं जाती है
भूख अन्दर हो तो खाने से नहीं जाती है

तार ही घर के तसव्वुर से जुड़े हों जिसके
वो उदासी कहीं जाने से नहीं जाती है

सब्ज़ जंगल को बिला वजह जलाने की कसक
कुछ नए पेड़ लगाने से नहीं जाती है

जानता हूँ ये मोहब्बत है मगर बीमारी
बस मरज़ सामने आने से नहीं जाती है

मसअले में मिरे ख़ामोश भी रह सकता था
यही रंजिश तो ज़माने से नहीं जाती है

इतना ग़ुस्सा भी नहीं ठीक मेरे क़ातिल पर
जां किसी एक बहाने से नहीं जाती है

इक अजब तरह की ग़ुरबत से हूँ 'शारिक़' दो-चार
ऐसी ग़ुरबत जो कमाने से नहीं जाती है

❀

जिसे लड़खड़ाकर दिखाया नहीं
नशे का यक़ीं उस को आया नहीं

वो धोखे अलग हैं जो खाए गए
मगर जिन को धोका बताया नहीं

नशे में भी चालाकियाँ कर गए
कोई राज़ पूरा बताया नहीं

ये महफ़िल भी लूटी तो किस शख़्स ने
जो कपड़े बदल कर भी आया नहीं

तो हमने भी सीधे ही रक्खे क़दम
कोई यार जब लड़खड़ाया नहीं

वही शायरी में है बिखरा हुआ
वही सब जो कहने में आया नहीं

हमेशा से हम तो अकेले ही थे
कभी घर ने इतना डराया नहीं

# खुशबीर सिंह 'शाद'

ख़ुशबीर सिंह 'शाद'

4 सितम्बर 1954 को उत्तर प्रदेश के सिधौली (सीतापुर) में जन्मे ख़ुशबीर सिंह 'शाद' मौजूदा उर्दू शायरी का एक अहम नाम हैं। उनकी हस्सास तबीयत को लखनऊ की अदबी आब ओ हवा ऐसी रास आयी कि उम्र भर को ग़ज़ल की ज़ुल्फ़ों के असीर होकर रह गए। उनकी अब तक 15 किताबें उर्दू और देवनागरी में छप चुकी हैं और दो किताबें पाकिस्तान से भी शाया हुई हैं। ख़ुशबीर सिंह 'शाद' की दो किताबों पर उर्दू विभाग, जम्मू विश्वविद्यालय में शोध कार्य सम्पन्न हुआ है। शायरी के सिलसिले में वो अब तक संयुक्त राज्य अमेरिका, ऑस्ट्रेलिया, सिंगापुर, पाकिस्तान, बहरीन, क़तर, ओमान, दुबई, आबूधाबी इत्यादि अनेक मुल्कों का सफ़र कर चुके हैं।

कई राष्ट्रीय एवं अंतर्राष्ट्रीय पुरस्कारों से सम्मानित किए गए हैं, जिनमें 'अंजुमन ए उर्दू नॉर्थ अमेरिका लिटरेरी अवार्ड', 'जश्न ए अदब' अवार्ड, 'लाला जगत नारायण' अवार्ड 2016, 'उर्दू इंटरनेशनल ऑस्ट्रेलिया लिटरेरी अवार्ड', 'इप्सा' अवार्ड ऑस्ट्रेलिया और उत्तर प्रदेश का सर्वोच्च सम्मान 'यश भारती' प्रमुख हैं। गुज़िश्ता 9 बरसों से जालंधर, पंजाब में स्थायी रूप से निवास। इनका संपर्क है – khushbirsinghshaad@gmail.com, 8288986979

याद तुझे आ जाए शायद नज़र-ए-सानी[1] में
इक किरदार हुआ करता था तेरी कहानी में

एक-न-इक सामान तो पीछे छूट ही जाता है
ये नुकसान तो होता ही है नक़्ल ए मकानी[2] में

शायद इसकी फ़ितरत में तब्दीली आ जाए
हमने इक पत्थर को रक्खा बरसों पानी में

अपने ख़ार-ओ-ख़स होने का तब अहसास हुआ
वक़्त का दरिया जब लहराया है तुग़ियानी[3] में

सोचा था आसान से लफ़्ज़ों में सब कह देंगे
लेकिन कितनी दुश्वारी थी इस आसानी में

शह के शोर-ओ-ग़ुल में तो अफ़सुर्दा[4] लगती है
ख़ामोशी का हुस्न कभी देखो वीरानी में

---

1. दोबारा देखना 2. जगह बदलना 3. बाढ़ 4. दुखी

हर सम्त फ़ज़ा में है बयाबाना उदासी
लाया है कोई दश्त से दीवाना उदासी

मैंने इसे तोहफ़े में दिये थे कई सदमे
दिल ने भी एवज में दिया नज़राना उदासी

पहले मुझे तन्हाई ने इक गीत सुनाया
फिर शब ने सुनाया मुझे अफ़साना उदासी

उस बज़्म-ए-तरब[1] में मुझे ले जा तो रही है
तू मुझको वहाँ छोड़ के लौट आना उदासी

ख़ुशियों के ये लम्हात अता कर दिये तूने
आबाद रहे तेरा तरब ख़ाना उदासी

उस मोड़ पे बैठा हूँ जहाँ देर गए रात
मिलने मुझे आ जाती है रोज़ाना उदासी

ग़म ने कहा क्या शक्ल बना रखी है तूने
मर्दों पे भली लगती है मरदाना उदासी

कहते हैं कोई 'शाद' रहा करता था इसमें
बाहर ये जहाँ लिखा है काशाना[2] उदासी

---

1. ख़ुशी की महफ़िल 2. घर

ख़ुद अपनी पहचान से ग़ाफ़िल[1] हो जाता हूँ
कभी कभी तो इतना मुश्किल हो जाता हूँ

सीख लिया है अब ख़ुद को धोके में रखना
बातिन[2] और ज़ाहिर में हाइल[3] हो जाता हूँ

मौज तो उठती है दिल में तूफ़ां हो जाऊँ
लेकिन फिर कुछ सोच के साहिल हो जाता हूँ

भूली-बिसरी कुछ यादों की बज़्म सजाकर
फिर उस बज़्म का सद्र-ए-महफ़िल हो जाता हूँ

मुझ तक आना और फिर मुझको सर कर लेना
उनसे पूछो जिनको हासिल हो जाता हूँ

ख़ुद से जब पैकार[4] की नौबत आ जाती है
कितने अहसासात का क़ातिल हो जाता हूँ

चलते-चलते मिल जाता है ऐसा लम्हा
जिसमें इक तख़लीक़[5] की मंज़िल हो जाता हूँ

आँखें दिखलाती हैं जब कुछ ख़ूनी मन्ज़र
'शाद' बहुत अंदर तक बिस्मिल[6] हो जाता हूँ

---

1. असावधान 2. अन्दरूनी 3. बाधक 4. लड़ाई 5. सृजन 6. घायल

नींद के जब हमराह ज़रा सी बेदारी भी होती है
ख़्वाब को गहरा होने में कुछ दुश्वारी भी होती है

तन्हाई में ख़ुद से मिलना अच्छा लगता है लेकिन
तन्हाई में ख़ुद से अक्सर बेज़ारी भी होती है

जिसके इक ख़ाने में कुछ बोसीदा यादें रक्खी हों
हर घर के इक कमरे में वो अल्मारी भी होती है

उसी से सारा खेल सियासत का करती है तेज़ हवा
एक-न-इक हर राख में कोई चिनगारी भी होती है

हमने तो महसूस किया है औरों का मालूम नहीं
वहशत के आलम में थोड़ी सरशारी भी होती है

फ़िक्र निकम्मी होती है, अल्फ़ाज़ निठल्ले रहते हैं
कारोबार-ए-सुख़न में अक्सर बेकारी भी होती है

सब कुछ तो बेलौस नहीं होता है 'शाद' मुहब्बत में
नादानी के परदे में कुछ हुशियारी भी होती है

एक लफ़्ज़-ए-रायगां[1] हूँ ज़िन्दगानी के लिये
कौन सी देखूं लुग़त[2] अपने मआनी के लिये

मुन्जमिद[3] कब तक रहूँ मैं कोहसार[4]-ए-ज़िन्दगी
एक सूरज चाहता हूँ अब रवानी के लिये

इक बहुत गहरा समन्दर भी है मेरी ज़ात में
एक सहरा भी है मुझमें बेकरानी[5] के लिये

कौन सा किरदार दूँ अब सोचती है ज़िन्दगी
मुन्तख़ब[6] करके मुझे अपनी कहानी के लिये

हिजरतें करता रहूँ दीवार-ओ-दर के दरमियां
घर में क्या आबाद हूँ मैं बेमकानी के लिये

मुझमें जितनी तिश्नगी है दो मुझे उतनी शराब
आग की मिक़दार[7] कम है इतने पानी के लिये

'शाद' मर्ग-ए-नागहानी[8] तो सुना करते थे तुम
क्या गुमां भी था वबा[9]-ए-नागहानी के लिये

---

1. व्यर्थ 2. शब्दकोश 3. जमा हुआ 4. पर्वत 5. असीम होना 6. चयन 7. मात्रा 8. अचानक होने वाली 9. महामारी

सहरा में यूँ लगा मुझे चेहरा ग़ुबार का
यकजा हो जैसे जिस्म किसी इन्तिशार[1] का

कितनी बुलंदियों से उतर कर मिला तुझे
दरिया तू क़र्ज़दार है इक आबशार[2] का

शब भर सुरूर-ए-मय के सभी हमसफ़र रहे
समझा है किसने कर्ब[3] नशे के उतार का

बस तू बराए जिस्म जिसे अपना कह सकूँ
वरना तो सब असासा[4]-ए-जां है उधार का

लौटा तो इक अजीब सी हैरत हुई मुझे
लगता नहीं मैं फ़र्द[5] था इक ऐसी डार का

तोड़ी नहीं है मैंने फ़सील[6]-ए-क़फ़स[7] कोई
मुजरिम अगर मैं हूँ तो हूँ ख़ुद से फ़रार का

या तो बदन के होके रहेंगे या रूह के
इस बार मारेका है मियां आर-पार का

---

1. बिखराव 2. झरना 3. दर्द 4. सम्पत्ति 5. सदस्य 6. प्राचीर 7. क़ैदख़ाना

दौलत थी जितनी धूप की मैं सब लुटा चुका
सूरज ज़रूर हूँ मगर इक शब के ग़ार[1] का

इसको रिहाई मान के ही 'शाद' हैं असीर[2]
कुछ दायरा बढ़ा दिया उसने हिसार[3] का

---

1. गहरा गड्ढा 2. क़ैदी 3. घेरा

फ़िक्र-ओ-नज़र की सब मिरी जागीर तुम रखो
मुझको तो ख़्वाब चाहिए, ताबीर तुम रखो

मेरे लिये तो ज़ख़्म मिरे बाईस-ए-शिफ़ा[1]
चारागरी की जादुई तासीर तुम रखो

रहने दो मुझको अपनी ही बेचेहरगी में गुम
ये अपने ख़द-ओ-ख़ाल की तशहीर[2] तुम रखो

क्या कीजिये कि जुरत-ए-इन्कार कर चुका
मुजरिम हूँ चाहे अब कोई ताज़ीर[3] तुम रखो

मैंने बस इनकी लौ से जलाए हैं कुछ चिराग़
अपने ये सारे फ़ैज़ ओ जिगर मीर तुम रखो

लाज़िम ही हो गया है अगर बांटना मुझे
लाओ ये 'शाद' दो मुझे 'ख़ुशबीर' तुम रखो

---

1. स्वास्थ्य का कारण 2. प्रचार 3. सज़ा

हवा-ए-शब के सुख़न[1] तीरगी समझती है
ये वो ज़बां है जिसे ख़ामशी समझती है

ये साज़िशें भी तो हो सकती हैं अंधेरों की
तिरी निगाह जिसे रौशनी समझती है

वहीं पर छोड़ दिया है हवा ने ला के मुझे
जहाँ की ख़ाक मुझे अजनबी समझती है

गर अपनी ज़िद प न अड़ जाए बेअदब होकर
जुनूं की बात कहाँ आगही[2] समझती है

बस इक फ़रेब हैं ये दश्त-ए-आरज़ू के सराब[3]
मगर ये बात कहाँ तिश्नगी समझती है

तिरे अज़ाब ही लफ़्ज़ों में ढाला करता हूँ
तू मेरी जान जिसे शायरी समझती है

---

1. वार्तालाप 2. ज्ञान 3. मरीचिका

यूँ देखता है जैसे हो मह्व-ए-क़यास[1] आईना
कैसा बदल गया है ये चेहरा शनास आईना

इक दूसरे को देख के उरियां[2] उदास हो गए
मैं और मेरे रू-ब-रू इक बेलिबास आईना

मेरे सिवा कुछ और भी तो फ़र्द[3] मेरे घर में हैं
मुझको ही ऐसे देखता है क्यूँ उदास आईना

आता हूँ इसके सामने मैं जब भी चश्म-ए-तर लिये
रोता है मेरे साथ-साथ ग़म शनास आईना

ऐसा भला क्या कह दिया आशुफ़्ता[4] ख़द-ओ-ख़ाल ने
क्यूँ यक-ब-यक ये हो गया है बदहवास आईना

मुद्दत के बाद आज अपना अक़्स फिर अच्छा लगा
मुद्दत के बाद आया है फिर 'शाद' रास आईना

---

1. कल्पना में डूबा 2. नग्न 3. व्यक्ति 4. दीवाना

जिस्म से अब रूह का आज़ार[1] होता जा रहा है
दर्द मुझसे बर सर-ए-पैकार[2] होता जा रहा है

चारागर तेरी नज़र है जिस्म के अमराज़[3] पर ही
दिल का इक गोशा भी तो बीमार होता जा रहा है

मैं तो उसकी सादगी के पेच-ओ-ख़म में खो गया हूँ
जिस क़दर आसां करूँ दुश्वार होता जा रहा है

कर दिया है इसका भी इल्ज़ाम आईने पर आयद
अक्स चेहरे से अगर बेज़ार होता जा रहा है

दर्द का पौदा कोई दिल की ज़मीन-ए-ख़ुश्क में भी
आबयारी[4] के बिना तैय्यार होता जा रहा है

'शाद' मैंने हर तवक़्क़ो छोड़ दी है ज़िन्दगी से
अब मिरा हर रास्ता हमवार होता जा रहा है

---

1. रोग 2. युद्धरत 3. बीमारियाँ 4. पानी देना

कैसे चैन से बैठे कोई आख़िर उस वीराने में
ख़ामोशी भी जब शामिल हो जाए शोर मचाने में

रुको तुम्हारे साथ गुज़ारे लम्हे लेकर आता हूँ
बस उतना ही वक़्त लगेगा जितना आने जाने में

ख़ुशरंगी की दाद तो सारी मिल जाती है लफ़्ज़ों को
फ़िक्र बरहना हो जाती है इक जामा पहनाने में

ख़्वाब कोई जैसे ताबीर को छू कर वापस लौट आए
बस इतनी ताख़ीर हुई तुझको आवाज़ लगाने में

सिर्फ़ तिरा नुकसान हुआ हो क़स्र-ए-अना ऐसा भी नहीं
मैं भी तो मिस्मार हुआ हूँ तेरी फ़सीलें ढाने में

सच्चाई से आँख चुराकर ख़ुश रहने का वसीला है
ये जितनी भी आराइश है ख़्वाबों के काशाने में

उतने रंगों से तो मुसव्विर कितने मनाज़िर बन जाते
तूने जितने सर्फ़ किये हैं इक तस्वीर बनाने में

ये जो अब इक नए भेस में तुझसे मिलने आए हैं
ये किरदार तो पहले भी देखे हैं किसी अफ़साने में

अपनी नज़रों में मर कर भी ज़िन्दा रहने की ख़ातिर
कितना ख़मियाज़ा भुगता है ग़ैरत ने हरजाने में

ख़ुद को गर इक मुश्त अदा नहीं करते तो हम क्या करते
क़िस्तों की मोहलत ही कहाँ थी तेरा क़र्ज़ चुकाने में

दुनिया के रस्तों पर चलते कुछ तो हासिल हो जाता
हमने बस नुकसान कमाया ख़ुद तक आने जाने में

'शाद' बस इक तहसीन की ख़ातिर इतना ख़ून जलाते हो
क्या मिलता है तुमको आख़िर अपना आप खपाने में

थकन से, ख़ौफ़ से, अज़्म-ए-सफ़र से मशविरा करके
मैं अब उड़ता हूँ अपने बाल-ओ-पर से मशविरा करके

बस इतना पूछ लो अब और कितना चल सकोगे तुम
मुसाफ़त[1] तय करो रख़्त-ए-सफ़र[2] से मशविरा करके

उसी वुसअत[3] से जिसके पार जाना ग़ैर मुमकिन था
मैं आगे बढ़ गया हद्द-ए-नज़र से मशविरा करके

मसाइल ज़िन्दगी के ख़ुद-ब-ख़ुद आसान हो जाएँ
कभी देखो किसी आशुफ़्ता[4] सर से मशविरा करके

अजब ज़िद्दी है मेरा घर कि अब कहता है मैं इसकी
करूँ आराइशें दीवार-ओ-दर से मशविरा करके

जवाँ बच्चों की अपनी ज़िन्दगी है उनसे क्या शिकवा
जुदा होते हैं क्या पत्ते शजर से मशविरा करके

उदासी मेरे अंदर की कहीं बरहम[5] न हो जाए
अगर हँसता भी हूँ तो चश्म-ए-तर से मशविरा करके

मुझे नामोतबर[6] ठहरा रही है 'शाद' गर दुनिया
ये आई है किसी नामोतबर से मशविरा करके

---

1. सफ़र की दूरी 2. सफ़र का सामान 3. विस्तार 4. पागल 5. नाराज़ 6. अविश्वसनीय

हवा के पर कतरना अब ज़रूरी हो गया है
मिरा परवाज़ भरना अब ज़रूरी हो गया है

मिरे अंदर कई अहसास पत्थर हो रहे हैं
ये शीराज़ा[1] बिखरना अब ज़रूरी हो गया है

मैं अक्सर ज़िन्दगी के उन मराहिल से भी गुज़रा
जहाँ लगता था मरना अब ज़रूरी हो गया है

मिरी ख़ामोशियाँ अब मुझपे हावी हो रही हैं
तो खुलकर बात करना अब ज़रूरी हो गया है

बलंदी भी नशेबों[2] की तरह लगने लगी है
बलंदी से उतरना अब ज़रूरी हो गया है

मिरी आँखें बहुत वीरान होती जा रही हैं
ख़ला[3] में रंग भरना अब ज़रूरी हो गया है

---

1. क्रम, तरतीब 2. गहराई 3. शून्य

सहर को शब बनाती जा रही है
इक ऐसी धुंद छाती जा रही है

वो जिससे दिल लरज़ता था अभी तक
वो साअत[1] पास आती जा रही है

उसे मैं अनसुना सा कर रहा हूँ
सदा कोई बुलाती जा रही है

सुना था बेवफ़ा है ज़िन्दगी भी
मगर ये तो निभाती जा रही है

कोई साहिल प नग़्मे गा रहा है
नदी भी गुनगुनाती जा रही है

बड़ी दिलचस्प है तेरी कहानी
मगर अब नींद आती जा रही है

शजर ख़ामोशियाँ ओढ़े खड़े हैं
हवा पत्ते उड़ाती जा रही है

तुझे ऐ 'शाद' क्यूँ चुप सी लगी है
तुझे क्या बात खाती जा रही है

---

1. घड़ी

तन्हाई ने इतना तो अहसान किया है
ख़ुद से मिलने का रस्ता आसान किया है

उन से भी गिर जाते तो फिर क्या बचना था
जिन अक़्दार[1] प हर इक लम्हा मान किया है

यूँ ही नहीं होती है ज़ात में दश्तनवर्दी
ख़ुद को पहले पूरी तरह वीरान किया है

आँखों इसकी सज़ा तो इक दिन मिलेगी तुमको
तुमने मेरे सपनों का अपमान किया है

मैं जज़्बों का, ख़्वाबों का अहसास का जंगल
इन सब ने मिलकर मुझको गुंजान किया है

उसने भी किस मंज़िल तक मुझको पहुँचाया
एक तआक़ुब[2] जिसने बहुत हलक़ान किया है

ताबीरों[3] में अफ़रा-तफ़री का है आलम
ये तुमने किन ख़्वाबों का ऐलान किया है

वरना तो हर मन्ज़र से मानूस[4] थीं आँखें
लेकिन कुछ ने तो सचमुच हैरान किया है

'शाद' इसी को मान लो अपने फ़न का हासिल
तुमने इक गुमनामी को पहचान किया है

---

1. मान्यताएँ 2. पीछा करना 3. स्वप्नफल 4. अभ्यस्त

किसी दहशत की सूरत बेसबब जो हो रहा है
ख़याल-ओ-ख़्वाब में कब था ये अब जो हो रहा है

उसी से ऊबकर तो आ गया मैं अपनी जानिब
वो इक मंज़र तिरा हुस्न-ए-तलब जो हो रहा है

इसे अब बेदिली से देख या दिलचस्पियों से
तमाशा ही तो है ये रोज़-ओ-शब[1] जो हो रहा है

ये मुमकिन है किसी बादल ने फिर धोका दिया हो
ये सहरा फिर से इतना तिश्नालब[2] जो हो रहा है

तसव्वुर[3] और बीनाई[4] में बाहम[5] गुफ़्तगू थी
कभी सोचा भी था होगा ये सब जो हो रहा है

बहुत मसरूर[6] हो तुम ज़ाहिरी[7] हम्द-ओ-सना[8] से
मगर इक ज़िक्र भी है ज़ेर-ए-लब जो हो रहा है

चलो ये देख कर आएँ कि आख़िर बात क्या है
ये हंगामा सर-ए-बज़्म-ए-तरब[9] जो हो रहा है

किसी दिन 'शाद' लावा बनके बाहर आ न जाए
दुरून-ए-कोह[10]-ए-जां ग़ैज़-ओ-ग़ज़ब[11] जो हो रहा है

---

1. दिन रात 2. प्यासा 3. कल्पना 4. दृष्टि 5. आपस में 6. ख़ुश 7. दिखावटी 8. प्रशंसा
9. ख़ुशी की महफ़िल 10. अपने अंदर 11. अत्यधिक क्रोध

हर इक यक़ीन पे कोई गुमां गुज़रता हुआ
सफ़र के नाम पे सब रायगां[1] गुज़रता हुआ

ये पहली बार हुआ है कि मैंने देखा है
तिरा ख़याल भी दिल पर गरां गुज़रता हुआ

मकीं मकान से अहवाल अपना कहता हुआ
और उस के कर्ब-ए-निहाँ[2] से मकां गुज़रता हुआ

बहुत छुपाई गई आग की ख़बर फिर भी
पता बता गया उसका धुआँ गुज़रता हुआ

हवा मिटाती हुई मेरे नक़्श-ए-पा और मैं
हर इक सफ़र से यूँ ही बेनिशां गुज़रता हुआ

गुज़र रहा हूँ मैं अपना बदन समेटे हुए
और इक हिरास[3] से ये शह्र-ए-जां गुज़रता हुआ

इक एहतियात थी जिस्मों के वस्ल-ए-अव्वल में
मुख़िल[4] था 'शाद' कोई दर्मियां गुज़रता हुआ

---

1. व्यर्थ 2. छुपा हुआ दर्द 3. भय, आशंका 4. बाधक

वैसी नहीं फिर माज़ी[1] की तस्वीर उभरने की
मत कर कोशिश बिखरे लम्हे यकजा[2] करने की

तुमने कहा था सुब्ह के सपने सच्चे होते हैं
अगर ये सच है तो फिर सचमुच बात है डरने की

वक़्त-ए-रुख़सत आहो ज़ारी एक तमाशा है
ये साअत होती है दिल पर पत्थर धरने की

साहिल पर भी ऐसे कौन से काम ज़रूरी थे
इतनी उजलत[3] क्यूँ थी तुमको पार उतरने की

कुछ आँखें चीख़ेंगी और फिर चुप हो जाएँगी
एक ख़बर हो जाऊँगा जब अपने मरने की

क्यूँ दिलजूई करता है ये आईना मेरी
अब ये सूरत किसी भी सूरत नहीं संवरने की

हवा थमेगी 'शाद' तो फिर यकजा हो जाऊँगा
मैं सहरा की रेत मुझे आदत है बिखरने की

---

1. भूतकाल 2. एकत्र 3. जल्दी

शाम तक फिर रंग ख़्वाबों का बिखर जाएगा क्या
रायगां[1] ही आज का दिन भी गुज़र जाएगा क्या

ढूँढना है घुप अन्धेरे में मुझे इक शख़्स को
पूछना सूरज ज़रा मुझमें उतर जाएगा क्या

मानता हूँ घुट रहा है दम तिरा इस हब्स[2] में
गर यही जीने की सूरत हो तो मर जाएगा क्या

ऐन मुमकिन है बजा हों तेरे अंदेशे मगर
देख कर अब अपने साये को भी डर जाएगा क्या

एक हिजरत[3] जिस्म ने की एक हिजरत रूह ने
इतना गहरा ज़ख़्म आसानी से भर जाएगा क्या

'शाद' ये अहसास को जो इक ज़बां देता है तू
रायगां इस शोर में तेरा हुनर जाएगा क्या

---

1. व्यर्थ 2. घुटन 3. पलायन

मैं नदिया का बहता पानी, मैं क्या जानूं अपना मोल
तूने मुझको बरता चक्खा, कैसा हूँ कुछ तू ही बोल

अभी तो कितने फ़र्दा[1] के लम्हों को होना है माज़ी
अभी सफ़र है जारी तेरा, यादों की गठरी मत खोल

कैसी है ये ताजिर[2] दुनिया, कैसा है इसका बाज़ार
कैसे-कैसे अनगढ़ हीरे बिकते हैं पत्थर के मोल

किसी के सिक्के, किसी के दाने, किसी की मुट्ठी भर ख़ैरात
तेरा अपना क्या है इसमें, भर तो लिया तूने कश्कोल[3]

वक़्त का इक आईना था और उसमें खड़े थे हम उरियां[4]
सच्चाई पर कब तक रहता आख़िर ख़ुशफ़हमी का ख़ोल

जब से आस का दामन थामा है दिल की मायूसी ने
'शाद' नवाह-ओ-गिर्द-ए-जां का कुछ तो बदला है माहौल

---

1. भविष्य 2. व्यापारी 3. भिक्षा पात्र 4. नग्न

फ़रहत एहसास

फ़रहत एहसास

फ़रहत एहसास (फ़रहतुल्लाह ख़ाँ) 25 दिसंबर 1950 को शहर बहराइच, उत्तर प्रदेश में पैदा हुए। इब्तिदाई तालीम अपने शहर में हासिल करने के बाद लखनऊ यूनिवर्सिटी और फिर अलीगढ़ मुस्लिम यूनिवर्सिटी में दाख़िला लिया और वहीं से ग्रैजुएशन किया। बाद में जामिया मिल्लिया इस्लामिया दिल्ली से अंग्रेज़ी में एम. ए. किया। 1979 में दिल्ली पहुँचे और फिर यहीं के हो रहे। पहले यहाँ कुछ साल पाक्षिक अख़बार *हुजूम* से वाबस्ता रहे और फ्रीलान्सिंग भी करते रहे। 1987 में दैनिक *क़ौमी आवाज़* दिल्ली से जुड़े और उसके संडे एडीशन का संपादन करते हुए उर्दू में रचनात्मक पत्रकारिता की बुनियाद डाली। 1998 में जामिया मिल्लिया इस्लामिया के ज़ाकिर हुसैन इंस्टीट्यूट ऑफ़ इस्लामिक स्टडीज़ में नियुक्त हुए जहाँ उर्दू और अंग्रेज़ी की शोध पत्रिकाओं का संपादन किया। इसी दौरान ऑल इंडिया रेडियो और बीबीसी के साथ-साथ फ़िल्म और टेलीविज़न के लिए भी काम करते रहे। आजकल रेख़्ता फ़ाउंडेशन में कार्यरत हैं। इनका संपर्क है – ehsaasji@gmail.com, 9311017160

हार कर एक बड़ी जंग कहानी होना
जिस्म को बाइ'स-ए-एज़ाज़[1] है .फ़ानी[2] होना

सिर्फ़ और सिर्फ़ रवानी[3] है सिफ़त[4] दरिया की
किसी दरिया को ज़रूरी नहीं पानी होना

देखना लोगों को आते हुए लुग़तें[5] ले कर
नाम:-ए-इश्क़ का घबरा के ज़बानी होना

शे'र यूँ भी अगर अच्छा है तो फिर ला-हासिल[6]
शे'र में ग़ैर-ज़रूरी[7] कोई मानी[8] होना

तुमको किसने ये पढ़ाया है निसाब-ए-तानीस[9]
तुम तो बस भूल गईं दिलबर-ए-जानी होना

मौत सा कुछ तो हुआ है कि कोई खेल नहीं
इक ग़ज़ल-गोई[10] का यूँ मर्सिया-ख़्वानी[11] होना

आईने में से निकलना कोई क़द्द-ए-आदम[12]
.फ़रहत एहसास मुबारक[13] तिरा सानी[14] होना

---

1. सम्मानजनक 2. नश्वर 3. बहाव 4. विशेषता 5. शब्दकोश 6. व्यर्थ 7. अनावश्यक
8. अर्थ 9. नारीवाद का पाठ्यक्रम 10. ग़ज़ल कहना 11. शोक कविता पढ़ना 12. इन्सान जैसा
शरीर 13. बधाई 14. अपने जैसा दूसरा

जिस्म इस दश्त-ए-अ'नासिर[1] में वो पगडंडी है
जो ज़रा दूर ही शहराह[2] से जा मिलती है

मैं तो आगे निकल आया हूँ प मेरी परछाईं
जिस्म के डूबते साए से अभी लिपटी है

रूह के डर से कभी खोल के देखा ही नहीं
ज़िन्दगी जिस्म की पुड़िया में बंधी रक्खी है

आओ इस दर्द के टीले के उधर चलते हैं
उस तरफ़ सुनते हैं मर्हम की नदी बहती है

फ़रहत एहसास मोहब्बत भी तिरी है कम-गर्म
और तिरे जिस्म की मिट्टी भी अभी कच्ची है

---

1. तत्वों का वीराना 2. राजमार्ग

ख़ाक[1] के ढेर को हम अपना बदन करते हैं
ज़िन्दगी आ कि तुझे कामिल-ए-फ़न[2] करते हैं

कोई रूपोश[3] समाअ'त[4] है फ़ज़ाओं[5] में कहीं
हम इसी वहम[6]-ए-समाअ'त पे सुख़न[7] करते हैं

जाँ उगानी है हमें फिर से तिरी मिट्टी से
जिस्म-ए-यार आ कि तुझे अपना वतन[8] करते हैं

ख़ार-ओ-ख़स[9] को भी बना लेते हैं हम फूल अपना
शे'र कहते हैं कि चीज़ों को चमन[10] करते हैं

अहल-ए-दिल कुछ भी नहीं करते कि तारीख़ बनाएँ
जब भी कुछ करते हैं तारीख़-शिकन करते हैं

इन दिनों कितने नए काम हैं लोगों के लिए
हम मोहब्बत का वही कार-ए-कुहन[11] करते हैं

.फ़रहत एहसास कि है वज्ह-ए-विलादत[12] नापैद[13]
अहल-ए-तहक़ीक़[14] को पेश अपना बदन करते हैं

---

1. मिट्टी 2. कला-पारंगत 3. छुपी हुई 4. श्रुति, सुनने की शक्ति 5. वातावरण, 6. भ्रम 7. बात, शायरी 8. जन्मभूमि 9. काँटे और घास-फूस 10. बाग़ 11. पुराना काम 12. जन्म का कारण 13. लुप्त, गुप्त 14. शोधकर्ता (बहुवचन)

दुनिया का तो कुछ भी तय नहीं है
हर चीज़ यहाँ की है नहीं है

गर रूह बजाना जानती हो
इस जिस्म के जैसी लय नहीं है

इक मौत थी जिसको जी चुका मैं
अब जिस्म को कोई भय नहीं है

संसार पदार्थ का तसल्सुल[1]
ऐसा है तो फिर प्रलय नहीं है

जज़्बात[2] ख़याल[3] जैसे क्यों हैं
मस्तिष्क अगर हृदय नहीं है

मिट्टी का बहाव वक़्त मेरा
गर जिस्म नहीं समय नहीं है

ये शह के लोग ख़ुश हैं ऐसे
जैसे कहीं कुछ हुआ नहीं है

डूबा है कुछ ऐसा फ़रहत एहसास
अब जिसका कहीं उदय नहीं है

(मिर्ज़ा 'ग़ालिब' के नाम)

---

1. निरंतरता 2. भावनाएँ 3. विचार

पैकर-ए-अक़्ल[1] तिरे होश ठिकाने लग जाएँ
तेरे पीछे भी जो हम जैसे दिवाने लग जाएँ

सोच किस काम की रह जाएगी तेरी ये बहार
इस ख़िज़ाँ[2] में भी अगर हम तुझे पाने लग जाएँ

इल्तिफ़ात[3] इतना भी हम दश्त-नवर्दों[4] पे न कर
हम को डर है कि यहीं घर न बनाने लग जाएँ

सब के जैसी न बना जुल्फ़ कि हम साद:-निगाह
तेरे धोखे में किसी और के शाने[5] लग जाएँ

रात भर रोता हूँ इतना कि अजब क्या इस में
ढेर फूलों के अगर मेरे सरहाने लग जाएँ

दश्त करना है हमें शह के इस गोशे[6] को
तो चलो काम पे हम सारे दिवाने लग जाएँ

.फ़रहत एहसास अब ऐसा भी इक आहंग[7] कि लोग
सुन के अश्आर[8] तिरे नाचने गाने लग जाएँ

---

1. बुद्धिमानी का जीता-जागता रूप 2. पतझड़ 3. कृपा, स्नेह 4. वीरानों में फिरने वाले 5. कंधे
से 6. कोना 7. संगीत 8. शे'र का बहुवचन

हिन्दू न मुसलमान
इक जिस्म और इक जान

आईना न चेहरा
पहचान ही पहचान

चेहरा है मिरा खेल
आईना है मैदान

गेहूँ का हूँ मैं खेत
उगता है जहाँ धान

ईमान अगर कुफ्र
है कुफ्र भी ईमान

मुझको जो मिला मैं
गुम हो गया सामान

मुश्किल में पड़े हम
और हो गए आसान

कानों का सुना देख
देखे का कहा मान

दरवाज़:-ए-जाँ खोल
फाड़ अपना गिरेबान

इक हाशिया मज़्मून[1]
मज़्मून बदन जान

'एहसास' गुल-ए-कुफ्र
बर[2] शाख़-ए-मुसलमान

---

1. विषय 2. पर

बदन का क़ाफ़िल:-ए-ख़ार-ओ-ख़स[1] वही तो मैं हूँ
ये ख़ाक-ओ-ख़ूँ की सदा-ए-जरस[2] वही तो मैं हूँ

जो ये ग़ुबार[3] है रौशन तुम्हारे चारों तरफ़
कुछ आँख धो के जो देखो तो बस वही तो मैं हूँ

जुलूस-ए-वक़्त में तेरा मुक़र्रर:[4] लम्हा
बस अब ज़रा भी न कर पेश-ओ-पस[5] वही तो मैं हूँ

हर एक शय[6] से गुरेज़ाँ[7] उसी में रहते हुए
हर एक शय के पस[8]-ए-दस्तरस[9] वही तो मैं हूँ

कहा ग़ज़ल ने ये एहसास जी के होंठों से
टपकने वाला है इनसे जो रस वही तो मैं हूँ

---

1. काँटे और घास-फूस, 2. कारवाँ की घंटियों की आवाज़ 3. उड़ती धूल 4. तयशुदा
5. हिचकिचाहट, 6. चीज़, 7. दूर जाता हुआ 8. पीछे 9. पहुँच, पकड़

रात को दरकार था कुछ दास्तानी[1] रंग का
हम चराग़-ए-ख़ामुशी लाए ज़बानी रंग का

उसने पेशानी[2] हमें दी है ज़मीनी रंग की
और सज्दा चाहता है आस्मानी रंग का

गेहुँवें-पन[3] ने निकलवाया था जन्नत से हमें
जान-ए-मन अब के करेंगे इश्क़ धानी रंग का

इश्क़ ने तो मेरा चेहरा ही बदल कर रख दिया
ऐसा आईना दिखाया उसने सानी[4] रंग का

हम मोहब्बत करने वालों की ज़िदें[5] भी हैं अजीब
चाहिए इक वाक़िआ[6] लेकिन कहानी रंग का

शायद अब उकता गए सहरा-नवर्दी[7] से ग़ज़ाल[8]
चाहते हैं कोई वीराना मकानी रंग का

फ़रहत एहसास उस की मिट्टी की समाअत[9] खिल उठी
शे'र जब मैंने सुनाया तेरा पानी रंग का

---

1. दास्तान जैसा 2. माथा 3. गेहूँ जैसा होना 4. दूसरा 5. ज़िद (हठ) का बहुवचन 6. घटना
7. रेगिस्तान में घूमना, 8. हिरन 9. सुनने की शक्ति

कहाँ क्यों किस लिए और कब ये दुनिया
बनाई किसने बे-मतलब ये दुनिया

ये उसका सर है और क़दमों में मेरे
समझती है मिरा मन्सब[1] ये दुनिया

ये बस चलती है मेरी ठोकरों से
मैं राकिब[2] और मिरा मरकब[3] ये दुनिया

इसे कपड़े बदलते वक़्त देखो
बरहना[4] हो गई हो जब ये दुनिया

हम अह्ल-ए-इश्क़[5] का तो कुफ्र[6] है ये
और अह्ल-ए-अक़्ल[7] का मज़हब[8] ये दुनिया

हमारे ज़रहत एहसास आ रहे हैं
चलो ख़ाली करो तुम सब ये दुनिया

---

1. पद, रुत्बा 2. सवार 3. जिस पर सवारी की जाए 4. वस्त्रहीन 5. इश्क़ वाले 6. नास्तिकता,
इनकार 7. बुद्धि वाले 8. धर्म, आस्था

पर अपने रगड़ता हूँ फ़रिश्तों के परों से
फिर यूँ ही पलट आता हूँ जन्नत[1] के दरों[2] से

तुम जैसे फ़लक-ताब अन्धेरों को ख़बर क्या
ये रौशनी आती है जो मिट्टी के घरों से

आती है ख़बर अपनी फ़क़त[3] बेख़बरी में
हम तक ये ख़बर आई है कुछ ख़ुश-ख़बरों से

घर अपना बनाने का इरादा हो तो रुक जाओ
और मश्वरा[4] करते रहो हम दर-ब-दरों[5] से

ज़िन्दा भी मोहब्बत में हैं हम मस्लहत-अन्देश[6]
शर्मिन्दा भी रहते हैं मोहब्बत में मरों से

'एहसास' ज़रा शर्म करो हम-सफ़री[7] की
आगे निकल आए हो बहुत हम-सफ़रों से

---

1. स्वर्ग 2. दरवाज़ों 3. केवल 4. सलाह 5. बेघर लोग 6. फ़ायदे नुक़सान का ध्यान रखने वाले 7. सहयात्री

मिलने के लिए उससे जिस आन[1] निकलते हैं
हम जिस्म निकलते हैं या जान निकलते हैं

इक उम्र हुई हमने घर अपना लुटाया था
हर घर से हमारे ही सामान निकलते हैं

इक बुत[2] की ख़रीदारी करते हैं ख़ुदा वाले
और कुफ़्र की जेबों से ईमान निकलते हैं

उस वक़्त पढ़ो जब मैं लफ़्ज़ों[3] में नहीं होता
उस वक़्त मिरे मानी[4] आसान निकलते हैं

'एहसास' तिरा दीवान आया नहीं फुटकर भी
जब थोक में लोगों के दीवान निकलते हैं

---

1. पल 2. मूर्ति 3. शब्दों 4. अर्थ

मिरे लिए न किसी क़ब्र को उजाड़ा जाए
मिरी ग़ज़ल की ज़मीं में ही मुझको गाड़ा जाए

लिहाफ़ ओढ़ लिए मज़हबों अक़्रीदों[1] के
मैं क्या करूँ कि मिरी रूह का ये जाड़ा जाए

मैं मर चुका हूँ पर अब भी बहुत है जाँ मुझ में
मिरे बदन को अब उल्टी तरफ़ से झाड़ा जाए

धड़क रहा है मिरा दिल बजाए जाओ इसे
जहाँ तलक भी मोहब्बत का ये नगाड़ा जाए

सपाट अक़्ल नहीं आशिक़ों का दिल हूँ मैं
मिले न राह जो सीधी तो आड़ा आड़ा जाए

ये जंगली घास जो एहसास जी की क़ब्र पे है
ये उनका कुन्बः-ए-वहशत[2] है क्यों उजाड़ा जाए

---

1. आस्थाओं 2. दीवानगी का परिवार

अन्दर के हादिसों[1] पे किसी की नज़र नहीं
हम मर चुके हैं और हमें इसकी ख़बर नहीं

आबाद इस तरह है कि वीरान है ये शहर
घर इस तरह बसाए गए हैं कि घर नहीं

दुनिया अजीब रहगुज़र-ए-हिज्र[2] है कि हम
इक साथ चल रहे हैं मगर हम-सफ़र नहीं

हम सब मुलाज़िमत[3] से सुबुक-दोश[4] हो गए
अब शह्र में किसी के भी शानों[5] पे सर नहीं

अच्छा नहीं कि थक के कहीं बैठ जाए दिल
जीना तो चाहता हूँ मगर उम्र भर नहीं

आब-ए-हयात[6]-ए-इश्क़ बस आने ही वाला है
एहसास-ए-नामुराद[7] ज़रा देर मर नहीं

---

1. दुर्घटनाओं 2. जुदाई की राह 3. नौकरी 4. सेवा-निवृत्त 5. कंधों 6. अमृत 7. अभागा

ना-मुकम्मल[1] जुम्ल:-ए-दुनिया[2] मुकम्मल क्यों करें
एक मुहमल[3] बात को कुछ और मुहमल क्यों करें

शह वाले क्यों करें अपनी जड़ों की जुस्तुजू[4]
दूर तक अन्दर उतर कर ख़ुद को जंगल क्यों करें

ज़िन्दगी के क़ुफ़्ल[5] में क्यों मौत की चाबी लगाएँ
क्यों न लें इस मस्अले[6] का लुत्फ़[7] इसे हल क्यों करें

हो रहे को होता ही रहने दें हो चुकने न दें
आज को बस आज ही करते रहें कल क्यों करें

ग़ुन्चगी[8] के आईने में देख लें तारीख़-ए-बाग़[9]
हम कली को फूल और फिर फूल को फल क्यों करें

वस्ल[10] करके क्यों उतर आने दें दुनिया भर के अक्स[11]
फ़रहत एहसास अपने आईने को बोझल क्यों करें

---

1. अधूरा 2. संसार का वाक्य 3. अर्थहीन 4. तलाश 5. ताला 6. समस्या 7. मज़ा 8. कली होना 9. बाग़ का इतिहास 10. मिलन 11. प्रतिबिंब

ब-ज़ाहिर[1] तो बदन भर का इलाक़ा घेर रक्खा है
मगर अन्दर से हम ने शह्र सारा घेर रक्खा है

मैं पस्पा[2] फ़ौज-ए-दिल का आख़िरी ज़ख़्मी सिपाही हूँ
मगर इक उम्र से दुश्मन को तन्हा घेर रक्खा है

कभी इस रौशनी की क़ैद से बाहर भी निकलो तुम
हुजूम-ए-हुस्न[3] ने सारा सरापा[4] घेर रक्खा है

मुसीबत में पड़ा है इन दिनों मेरा दिल-ए-वहशी[5]
समझ कर शह्र वालों ने दरिन्दा घेर रक्खा है

मोहब्बत का ख़ुदा हूँ मैं मगर ऐसा ख़ुदा जिस ने
बड़ी मुश्किल से अपना एक बन्दा घेर रक्खा है

बहुत पहले कभी पैदा हुए और मर गए थे हम
इसी माज़ी[6] ने मुस्तक़्बिल[7] हमारा घेर रक्खा है

कोई ईमान वाला अह्ल-ए-मस्जिद[8] से कहे जाकर
ख़ुदा को क्यों उन्होंने काफ़िराना[9] घेर रक्खा है

चलो हम फ़रहत एहसास अपना मस्जिद से छुड़ा लाएँ
ख़ुदा वालों ने इक काफ़िर हमारा घेर रक्खा है

---

1. देखने में 2. हारा हुआ 3. हुस्न की भीड़, बहुत ज़्यादा हुस्न 4. सर से पाँव तक पूरा शरीर
5. पागल दिल 6. अतीत 7. भविष्य 8. मस्जिद वाले 9. अधर्मियों की तरह

सहरा[1] के संगीन सफ़र में आब-रसानी[2] कम न पड़े
सारी आँखें भर कर रखना देखो पानी कम न पड़े

ज़हन मुसलसल क़िस्से सोचें होंठ मुसलसल ज़िक्र करें
सुब्ह तलक ज़िन्दा रहना है कहीं कहानी कम न पड़े

इश्क़ ने सौंपा है मुझ को इक सहरा की तामीर[3] का काम
और हिदायत[4] की है ज़रा भर वीरानी कम न पड़े

मेरी शहरग[5] काटी उसने और कहा शोख़ी के साथ
तू सच्चा आशिक़ है तो फिर देख रवानी[6] कम न पड़े

थोड़ा-थोड़ा मरता भी रहता हूँ मैं जीने के साथ
ताकि वक़्त-ए-ज़रूरत मरने की आसानी कम न पड़े

सज्दा करने को होता हूँ एक बहुत ही बड़े बुत का
और फिर सोचता हूँ ये छोटी सी पेशानी कम न पड़े

हमें छुपाने को दुनिया ने खोल दिए कपड़ों के थान
चाक-गिरेबानी[7] तेरा ज़ोर-ए-उर्यानी[8] कम न पड़े

तुम फ़रहत एहसास बस अपने आप को मरने मत देना
ताकि दफ़्तर-ए-दुनिया में दख़्ल-ए-इन्सानी[9] कम न पड़े

---

1. रेगिस्तान 2. पानी की आपूर्ति 3. निर्माण, 4. निर्देश 5. वो नस जिसके कटने से मौत हो जाती है 6. बहाव 7. गिरेबान फाड़ना 8. नग्नता का उफ़ान 9. इन्सान का हस्तक्षेप

उम्र-ए-बे-वज्ह गुज़ारे भी नहीं जा सकते
इतने ज़िन्दा हैं कि मारे भी नहीं जा सकते

हाल अब ये है कि दरिया में भी लगता नहीं जी
और किसी एक किनारे भी नहीं जा सकते

उस जगह जा के वो बैठा है भरी महफ़िल में
अब जहाँ मेरे इशारे भी नहीं जा सकते

ज़ेब-ए-तन[1] इतने किए दिल ने हवस[2] के मल्बूस[3]
कि शब-ए-वस्ल[4] उतारे भी नहीं जा सकते

नींद से उस को जगाना भी ज़रूरी है बहुत
रात भर उस को पुकारे भी नहीं जा सकते

सारी शक्लों से परे है वो हमारा महबूब
सो तसव्वुर[5] के सहारे भी नहीं जा सकते

जीतने का न कोई शौक़ न तौफ़ीक़[6] हमें
लेकिन इस तरह तो हारे भी नहीं जा सकते

फ़लक-ए-इश्क़[7] पे ता-देर ठहरना है मुहाल[8]
इस बुलन्दी से उतारे भी नहीं जा सकते

फ़रहत एहसास तुझे मन्अ' है जाना उस तक
क्या तिरे ख़ून के धारे भी नहीं जा सकते

---

1. पहनना 2. वासना 3. कपड़े 4. मिलन की रात 5. ध्यान, कल्पना 6. ईश्वर-कृपा 7. इश्क़
का आसमान 8. कठिन, असंभव

तुम्हें उस से मोहब्बत है तो हिम्मत क्यों नहीं करते
किसी दिन उस के दर पे रक़्स-ए-वहशत[1] क्यों नहीं करते

इलाज अपना कराते फिर रहे हो जाने किस-किस से
मोहब्बत कर के देखो ना, मोहब्बत क्यों नहीं करते

तुम्हारे दिल पे अपना नाम लिक्खा हमने देखा है
हमारी चीज़ फिर हम को इनायत[2] क्यों नहीं करते

मिरी दिल की तबाही की शिकायत पर कहा उस ने
तुम अपने घर की चीज़ों की हिफ़ाज़त क्यों नहीं करते

बदन बैठा है कब से कास-ए-उम्मीद[3] की सूरत
सो दे कर वस्ल की ख़ैरात[4] रुख़्सत क्यों नहीं करते

क़यामत[5] देखने के शौक़ में हम मर मिटे तुम पर
क़यामत करने वालो अब क़यामत क्यों नहीं करते

मैं अपने साथ जज़्बों[6] की जमाअत[7] ले के आया हूँ
जब इतने मुक़्तदी[8] हैं तो इमामत[9] क्यों नहीं करते

---

1. दीवानगी में किया जाने वाला नृत्य 2. प्रदान करना 3. उम्मीद का भिक्षा-पात्र 4. दान
5. प्रलय 6. भावनाओं 7. एक साथ नमाज़ पढ़ने वालों का समूह 8. इमाम के पीछे नमाज़
पढ़ने वाले 9. सामूहिक नमाज़ की अगुवाई करना

तुम अपने होंठ आईने में देखो और फिर सोचो
कि हम सिर्फ़ एक बोसे[1] पर क़नाअत[2] क्यों नहीं करते

बहुत नाराज़ है वो और उसे हम से शिकायत है
कि इस नाराज़गी की भी शिकायत क्यों नहीं करते

कभी अल्लह मियाँ पूछेंगे तब उनको बताएँगे
किसी को क्यों बताएँ हम इबादत क्यों नहीं करते

मुरत्तब[3] कर लिया है कुल्लियात-ए-ज़ख़्म[4] अगर अपना
तो फिर एहसास जी इस की इशाअत[5] क्यों नहीं करते

---

1. चुंबन 2. संतुष्ट होना 3. संकलित 4. ज़ख़्मों का संग्रह 5. प्रकाशित

राह की कुछ तो रुकावट यार कम कर दीजिए
आप अपने घर की इक दीवार कम कर दीजिए

आप का आशिक़ बहुत कमज़ोर दिल का है हुज़ूर
देखिए ये शिद्दत-ए-इन्कार[1] कम कर दीजिए

मैं भी होठों से कहूँगा कम करें जलने का शौक़
आप अगर सरगर्मी-ए-रुख़्सार[2] कम कर दीजिए

एक तो शर्म आपकी और उस पे तकिया दर्मियाँ
दोनों दीवारों में इक दीवार कम कर दीजिए

आप तो बस खोलिए लब बोसा देने के लिए
बोसा देने पर जो है तक्रार[3] कम कर दीजिए

रात के पहलू में फैला दीजिए ज़ुल्फ़-ए-दराज़[4]
यूँही कुछ तूल-ए-शब-ए-बीमार[5] कम कर दीजिए

या इधर कुछ तेज़ कर दीजे घरों की रौशनी
या उधर कुछ रौनक़-ए-बाज़ार[6] कम कर दीजिए

---

1. इनकार की तीव्रता 2. गालों की सक्रियता 3. तर्क-वितर्क 4. लम्बे बाल, 5. बीमार की रात की लंबाई 6. बाज़ार की चहल-पहल

वो जो पीछे रह गए हैं तेज़-रफ़्तारी[1] करें
आप आगे हैं तो कुछ रफ़्तार कम कर दीजिए

हाथ में है आप के तल्वार कीजे क़त्ल-ए-आम[2]
हाँ मगर तल्वार की कुछ धार कम कर दीजिए

बस मोहब्बत बस मोहब्बत बस मोहब्बत और बस
बाक़ी सब जज़्बात[3] का इज़्हार कम कर दीजिए

शायरी तन्हाई की रौनक़[4] है महफ़िल की नहीं
फ़रहत एहसास अपना ये दरबार कम कर दीजिए

---

1. तेज़-तेज़ चलना 2. नर-संहार 3. भावनाएँ 4. चमक-दमक

फिर मिरे शाना-ए-हस्ती[1] पे नया सर निकला
और कहते हैं कि पहले से भी बेहतर निकला

मैं तो इक सब्ज़:-ए-ख़ुद-रौ[2] हूँ मुझे क्या डर है
जितना काटा गया उतना ही मिरा सर निकला

कभी नीचा रहा सर और कभी छोटे रहे पाँव
मैं भी हर बार कहाँ अपने बराबर निकला

ज़िन्दा रहने में ही दरअस्ल[3] हैं ख़तरे सारे
मर गया मैं तो मिरे दिल से मिरा डर निकला

शह इक क़र्य:-ए-नुक़सान[4] है मत जाओ उधर
मैं भी मुश्किल से बहुत जान बचा कर निकला

इन्तिज़ामात[5] कहाँ हैं मिरी आबादी के
मैं हर इक नक़्श:-ए-तामीर[6] में बेघर निकला

फ़रहतुल्लह पे पड़ा तीश:[7]-ए-फ़रहत एहसास
तब कहीं जा के शरर[8] संग[9] के बाहर निकला

☐☐☐

---

1. अस्तित्व का कन्धा 2. ख़ुद से उगने वाला पौधा 3. वास्तव में 4. नुकसान का इलाक़ा
5. व्यवस्था 6. निर्माण का नक़्शा 7. कुदाल, 8. चिंगारी 9. पत्थर